악마의 음악

OTHER VOICES

경우 勁雨 현대 판타지 장편소설

WISHBOOKS MODERN FANTASY STORY

KB012606

악마의 음악 12

OTHER WORKS

경우勁雨 현대 판타지 장편소설

초판 1쇄 찍은 날 | 2019년 9월 19일
초판 1쇄 펴낸 날 | 2019년 9월 26일

지은이 | 경우
펴낸이 | 예경원

기획 | 위시북스
편집책임 | 이규재
편집 | 위시북스

펴낸곳 | 예원북스
등록번호 | 제396-2012-000132호
등록일자 | 2012. 7. 25
KFN | 제1-469호

주소 | 경기도 고양시 일산동구 호수로 646-24 위너스21II빌딩 206A호 (우)10401
전화 | 031-819-9431 팩스 | 031-817-9432
E-mail | yewonbooks@naver.com

ⓒ경우, 2018

ISBN 979-11-365-0165-3 04810
      979-11-89564-46-9 (set)

악마의 음악

12

OTHER VOICES

경우 勁雨 현대 판타지 장편소설

WISHBOOKS MODERN FANTASY STORY

Wish Books

CONTENTS

◈ 1장 ◈

Second Fury

아침 해가 방에 드리워지고 길게 늘어진 햇빛이 얼굴에 닿을 때쯤 눈꺼풀이 파르르 떨리며 눈을 뜬 건이 침대에서 상체를 일으켜 세웠다.

머리가 아픈지 한쪽 눈을 손으로 꾹 누르며 잠시 침대에 앉아 있던 건이 눈을 감은 채 손을 뻗어 옆에 놓아둔 Fury의 악보를 보았다.

붉은색의 음표에 간간이 자주색 테두리가 그려진 음표를 보던 건이 한쪽 눈을 누르고 있던 손을 놓자 시야가 흐려지며 음표가 두 개로 보였다.

고개를 세차게 저은 건이 악보를 옆에 치우고 방 천장을 바라보며 생각에 잠겼다.

'이상한 꿈이었어. 암두시아스라는 사람이 알려준 방법이 과연 현실에서 통할까?'

건의 머릿속에 암두시아스와 함께했던 그림의 방이 떠올랐다. 예쁘게 웃고 있던 나탈리에와 그 옆에 서 있던 두 사람……

"윽!"

누군가 꼬챙이로 뇌를 후벼 파는 듯한 고통을 느낀 건이 머리를 부여잡으며 숨을 헐떡였다.

'누군가…… 누군가 더 있었는데…….'

두 사람을 떠올리려 노력할수록 심해지는 두통에 건이 머리를 부여잡고 누워 소리를 질렀다.

"끄아아아악!"

건의 비명에 놀라 달려온 병준이 문을 벌컥 열었다. 자다가 깼는지 팬티 바람으로 뛰어온 병준이 놀란 표정으로 침대 위에서 몸부림치고 있는 건에게 뛰어들었다.

"건아! 건아! 왜 이래?"

"아아아악!"

병준이 다급히 전화기를 들어 엠불런스를 부르려다가 레드 케슬 내부임을 깨닫고 급히 별채 밖으로 나가 소리를 질렀다.

"차를! 차를 대기시켜 줘요! 케이가 아픕니다!"

팬티 바람으로 나온 병준에게 조직원들의 시선이 몰렸지만,

보스가 아끼는 케이가 아프다는 말을 들은 조직원들이 부산하게 움직였다.

차가 준비되는 동안 급하게 옷을 입은 병준이 침대 위에서 뒹굴거리고 있는 건을 안아 들며 소리쳤다.

"건아! 정신 차려봐! 악보 놓고!"

머리가 아픈 와중에도 손에 악보를 구겨 쥐고 있던 건은 병준이 힘을 써 빼앗으려 해도 악보를 잡고 놓지 않았다.

급한 마음에 악보를 든 건을 그대로 안고 밖으로 뛰어나간 병준의 품속에서 거실에 그려진 나탈리에의 초상화가 눈에 들어오자 충혈된 눈으로 그림을 본 건이 더욱 크게 소리를 질렀다.

"아아아악!"

마음이 급해진 병준이 별채 문을 발로 차 열고 멀리서 다가오는 차를 다급한 눈으로 보았다.

소란스러움을 느끼고 뒤늦게 뛰어나온 키스카가 잠옷 바람으로 유모의 손을 잡고 서 있다가 고통의 신음을 뱉고 있는 건을 보고 울음을 터뜨렸다.

"흐에에에에…… 흐에에에엥!"

평소라면 키스카를 달래줄 병준이었지만 상황이 다급했던지 다가온 차 뒷좌석에 건을 밀어 넣은 병준이 조수석에 올라타 소리쳤다.

"병원으로! 빨리!"

포뮬러 드라이버같이 총알처럼 빠르게 차를 출발시킨 조직원이 시끄럽게 울리는 무전기를 보았다. 무전기에서 미로슬라브의 고함이 터져 나왔다.

"빨리! 빨리 이동해! 브루클린 브릿지를 지나 골드 스트리트로 빠져! 뉴욕 다운타운 종합병원으로 간다!"

무전을 들은 병준이 사이드미러로 뒤를 보자 다섯 대의 차량이 급히 따라붙는 것이 보였다. 뒤를 돌아 뒷좌석에 누워 신음을 흘리고 있는 건을 본 병준이 걱정스러운 마음에 소리를 쳤다.

"건아! 눈 떠봐! 건아!"

♪♪

삐삐⋯⋯ 삐삐⋯⋯.

산소호흡기를 달고 머리에 뇌파 측정기를 여러 개 부착한 건이 정신을 잃고 있었다.

중환자였지만 그레고리의 사전 연락으로 VIP용 1인실을 사용하고 있는 건의 침대 옆에 걱정스러운 얼굴의 병준이 팔꿈치를 침대 위에 올리고 고개를 숙이고 있었다.

병준이 눈을 감고 뭔가를 중얼거렸다.

"하늘에 계신 우리 아버지시여, 제발 우리 건이가 아프지 않게 해주소서, 무엇이라도 드리겠나이다, 제발 우리 건이가 다시 일어나게 하소서."

끊임없이 기도하는 병준의 귀로 부드럽게 열리는 문소리가 들려오자 그가 고개를 들었다.

유모의 손을 잡고 들어오던 키스카가 그녀의 손을 뿌리치고 달려왔다.

평소처럼 건에게 와락 안기지 못한 키스카가 산소호흡기를 달고 있는 건을 보고 끊임없이 눈망울을 흔들었다.

어찌나 울었는지 양 볼에 눈물이 패인 자국이 난 키스카가 굵은 눈물방울을 달고 병준을 보자 그가 힘없이 웃으며 양팔을 벌렸다.

키스카가 터벅터벅 다가가 병준에게 안기자 소녀의 작은 머리를 감싸 안은 병준이 등을 두드려 주며 말했다.

"괜찮아, 곧 일어날 거야."

키스카가 훌쩍거리는 것을 느낀 병준이 소녀를 진정시키려 계속 등을 두드려주었다.

병준이 키스카를 안심시키려고 최선을 다하고 있을 때 다시 문이 열리며 평소 그녀답지 않게 아무렇게나 걸친 옷에 산발을 한 손런이 뛰어 들어왔다.

"거, 건 씨! 건 씨는! 건 씨는 어떻게 되었나요!"

병준의 눈에 코트 카라가 뒤집어지고 화장도 하지 않은 손린의 모습이 들어왔다.

온 얼굴이 걱정으로 물들어 있는 그녀를 본 병준이 나직하게 말했다.

"오자마자 진정제를 맞고 MRI를 찍었어요. 그 외 몇 가지 검사를 더 했고 아직 결과는 안 나왔습니다. 의사 말로는 생명에 지장이 있거나 하는 것은 아니래요. 단지 기억 쪽에 문제가 생길 만큼 뇌에 큰 충격을 받은 것 같답니다."

손린이 울기 직전의 표정을 지으며 두 손으로 얼굴을 가렸다.

"세, 세상에…… 기억을 잃다니요!"

"아직 확실하지 않아요, 건이 정신을 차려야 알 수 있다고 하니까 기다려 보죠."

다시 문이 벌컥 열리며 큰 소리가 났다.

우당탕!

문 앞에 있던 옷걸이에 걸려 쓰러진 케빈이 바닥에 엎어지면서도 침대에서 눈을 떼지 않고 소리쳤다.

"케이! 케이!"

뒤따라 뛰어 들어온 카를로스가 식은땀을 흘리며 침대로 뛰어왔다.

눈으로 상태를 묻는 카를로스에게 상황 설명을 해준 병준이 흥분한 케빈을 진정시켰다.

"안정을 취해야 하니까, 시끄럽게 하지 말고 조용히 기다려 주세요."

병준의 말에 모두가 입을 다물자 건의 생명 유지장치에서 나오는 삐삐 소리만이 병실을 매웠다.

그 소리에 더 불안해하는 키스카를 본 병준이 린에게 말했다.

"키스카를 데리고 잠시 나가 있어 주시겠어요?"

린이 자신이 있겠다고 말하려다가 병준의 깊은 눈빛을 보고는 키스카의 손을 잡고 병실을 나섰다.

나가지 않으려 떼를 쓰는 키스카에게 손가락을 입에 올린 린이 말했다.

"케이가 쉬어야 해요, 잠깐만 나가 있어요, 우리."

키스카가 잠잠해지자 문밖에 있는 의자에 앉은 린이 옆에 키스카를 앉혀둔 후 허리를 숙여 무릎에 얼굴을 묻었다.

잠시 후 큰 울음 소리를 내며 눈물범벅이 된 얼굴로 시즈카까지 도착했지만 린의 만류로 병실 안으로 들어갈 수도 없었다.

♪♪

저녁 무렵 희미하게 느껴지는 시야에 인상을 쓴 건이 정신을 차리려고 눈을 몇 번 깜빡였다.

침대의 발아래 서 있는 병준이 누군가와 이야기를 나누는 것이 들렸다.

"환자의 상태 확인 결과 큰 이상은 없었습니다."

"예? 그렇게 소리를 지르고 고통스러워했는데 이상이 없다니요? 제대로 확인하신 것 맞습니까?"

"원하신다면 카르테를 직접 보여드리죠. 아직 몇 가지 의심되는 부분이 있어서 검사는 더 해봐야겠습니다만, 위험한 상황까지 가는 일은 없을 겁니다. 그 부분의 확인은 끝났으니까요."

"휴, 죄송합니다. 제가 흥분했네요."

"괜찮습니다. 환자를 지켜보시다가 혹시 이상 반응이 있으면 바로 호출해 주세요."

"네, 고맙습니다, 선생님."

아직 시야가 돌아오지 않은 건이 침대 옆 소파를 보았다. 소파에 많은 사람이 앉아 있었지만 희미한 시야 때문에 누가 누군지 구분이 되지 않았다.

건이 다시 자신의 발밑에서 나가는 의사의 뒤를 보며 구십 도로 고개를 숙이고 있는 병준에게 말했다.

"형......."

병준이 대경해 소리를 질렀다.

"건아! 의사 선생님! 눈을 떴습니다! 케이가 눈을 떴어요!"

의사와 간호사들이 달려오는 소리가 들리고 자신의 눈동자에 의사가 불빛을 비추는 것을 본 건이 인상을 썼다.

고개를 옆으로 돌려 불빛을 피한 건이 몸을 일으키자 병준이 만류하며 말했다.

"그냥 누워 있어! 너 인마 여기 병원이야! 실려 왔다고!"

카를로스가 재빨리 다가와 건의 등 뒤에 베개를 받쳐주자 조금 편안히 상체를 일으킨 건이 머리를 부여잡으며 말했다.

"어떻게 된 거예요?"

병준이 건의 얼굴을 잡고 눈을 맞추며 말했다.

"내가 누구야! 말해봐!"

건이 인상을 쓰며 말했다.

"고릴라?"

"헉! 진짜 기억을 잃은 건가! 선생님! 이거 어떻게 된 겁니까!"

건이 피식 웃으며 말했다.

"기억 안 잃었어요, 형."

병준이 놀란 얼굴로 건을 보다가 인상을 쓰며 건의 멱살을 잡았다.

"이 자식이! 지금 농담할 때야?"

건의 목소리가 들리자 밖에 있던 키스카가 문을 벌컥 열었다가 병준이 건의 멱살을 잡고 있는 것을 보고 달려와 그의 엉덩이에 킥을 날렸다.

"으헉!"

눈물범벅이 된 키스카가 침대로 기어 올라와 건에게 안겼다.

얼마나 울었는지 퉁퉁 부은 키스카의 머리를 쓰다듬어 준 건이 소녀를 안심시키려 입을 열었다.

"괜찮아, 나 괜찮아. 미안해."

서럽게 울던 키스카가 주먹을 들어 건의 가슴을 때렸다. 원망스러웠는지 수십 번 건의 가슴을 때리는 키스카를 내려다보던 건이 웃으며 엄살을 떨었다.

"아야, 아파."

건의 목소리에 주먹질을 멈춘 키스카가 큰 눈망울에 눈물을 달고 입을 열었다.

"으흑, 훌쩍, 아프지 마."

소란스러웠던 병실에 침묵이 흘렀다.

키스카를 바라보던 건의 눈이 찢어지라 커졌고, 키스카에게 킥을 맞고 엉덩이를 만지고 있던 병준이 입을 떡 벌렸다.

병실로 뛰어든 키스카 덕에 따라 들어온 린이 멍하니 키스카를 보고 있었고, 그녀의 뒤에 서서 눈물을 흘리고 있던 시즈카가 침대 위에 앉아 있는 소녀를 떨리는 눈으로 보며 중얼

18 악마의 음악 12

거렸다.

"마…… 말을 했어?"

병준이 달려와 키스카의 작은 어깨를 붙잡고 소리쳤다.

"키스카! 방금 말했지? 다시 말해봐!"

병준이 키스카를 잡고 고함을 질러댔지만 키스카의 입은 다시 열리지 않았다. 어안이 벙벙했던 건은 말도 하지 못하고 병준에게 붙잡혀 몸을 흔들어대고 있는 키스카를 멍하니 보고 있었다.

키스카를 안은 병준이 밖으로 뛰어나가며 말했다.

"키, 키스카를 의사한테 보이고 올게!"

병준과 키스카가 병실을 나서자 방 안에 침묵이 흘렀다. 그나마 키스카가 말문이 트인 것보다 건의 병세에 더 신경이 쓰였던 카를로스가 침묵을 깼다.

"괜찮나?"

건이 멍한 표정으로 병실 문을 바라보다가 정신을 차리며 한 손으로 얼굴을 가리며 미소 지었다.

"네, 걱정 끼쳐 드려서 미안해요. 시간이 얼마나 지났나요?"

카를로스가 침대 옆에 엉덩이를 걸치며 손목시계를 보았다.

"그리 오래 지나지는 않았어. 아침에 실려 왔고, 지금은 늦은 오후니까."

"후후, 그렇군요."

"뭔가 이상한 점이 있으면 바로 이야기해. 뇌 쪽 문제라 언제 어떻게 될지 모르니까."

"별 이상 없어요, 괜찮아요. 그보다 제 전화기를 좀 주실래요?"

카를로스가 고개를 돌려 건의 전화기를 찾자 린이 다가와 전화기를 내밀었다.

"여기 있어요."

산발한 린의 모습에 웃음 지은 건이 전화기를 받아 들었다.

"걱정시켜서 미안해요, 이사님."

"아니에요, 눈을 떴으니 됐습니다."

급히 거울을 꺼내 자신의 몰골을 보고 놀란 린이 급히 화장실로 뛰어나가자 웃음을 짓던 건이 아직도 울고 있는 시즈카를 보았다.

건이 웃으며 손을 내밀자 비틀거리며 걸어온 그녀가 울며 건의 손을 잡았다.

아무 말도 하지 않은 건이 소파에 누워 잠이 든 케빈을 보고 실소를 지은 후 전화기의 통화 버튼을 눌렀다.

"그레고리, 접니다, 케이."

"네, 괜찮아요. 걱정 마세요. 그보다."

건이 열려 있는 VIP 병실 문을 보았다.

"키스카가 말을 했습니다."

전화기 너머로 의자 쓰러지는 소리가 시끄럽게 울렸다.

♪♪♩

늦은 오후 뉴욕 다운타운 종합병원 앞.

외래진료가 끝난 시간이라 비교적 한적해야 할 병원 앞이 검은 정장을 입은 백여 명의 건장한 마피아들로 북새통을 이루었다.

다행스러운 것은 일반인에게 피해를 끼치지 않겠다는 듯 병원 입구에서 조금 떨어진 곳에 뭉쳐 있다는 것인데, 아무리 비켜서 있다고 해도 일반인들에게 위화감을 주지 않을 수는 없었다.

미로슬라브의 철저한 통제로 인한 것이었을까, 담배를 피우거나 일반인들을 노려보는 등의 행동은 일체 하지 않고 있는 조직원들은 누군가를 기다리는 듯 연신 손목시계를 보고 있었다.

의사와 간호사 중 일부가 병원 밖으로 나와 겁먹은 표정으로 그들을 지켜보고 있다가 병원 입구의 출입 바를 부술 듯이 달려오는 차를 보고 놀란 표정을 지었다.

주차 부스에 있던 직원이 황급히 바를 올리자 브레이크를 밟을 생각이 전혀 없는지 달려오는 속도 그대로 병원 입구까지 도착해 바닥에 스키드 마크를 새기며 멈춰선 차에서 코트도 챙겨 입지 못했는지 와이셔츠에 베스트만 입은 그레고리가 다급한 표정으로 내렸다.

병원을 올려다보던 그레고리의 옆으로 미리 도착해 있던 미로슬라브가 황급히 다가와 말했다.

"성대와 기관지 검사를 완료하고 현재는 정신과에서 상담 중이십니다."

그레고리가 꽉 죄어 맨 넥타이가 답답했던지 손으로 넥타이를 느슨하게 풀며 물었다.

"지금 상담 진행 중인가? 기다려야 하는 거야?"

"예, 보스."

"휴, 키스카가 말을 했을 때 자네도 옆에 있었나?"

"아닙니다, 밖에 있었습니다."

"그럼 케이만 본 것인가?"

"아닙니다, 카를로스 몬타나와 미스터 리, 시즈카와 손린 이사도 함께 있었습니다."

"으음…… 그래?"

그레고리가 턱을 매만지며 병원 건물을 올려다보며 말했다.

"좋아, 여러 사람이 들었다면 확실하겠군. 키스카 옆에는 누가 있나?"

"미스터 리가 있습니다."

"우리 쪽 사람은?"

"세 명을 붙여놨습니다만, 일반인이 많은 진료과라 원거리 경호 중입니다."

"좋아. 케이는?"

"VIP 병동 1인실에 있습니다."

"음, 키스카는 상담 중이라니 케이부터 보지. 그는 좀 어떤가?"

"저도 아직 보지 못했습니다."

"그래? 그럼 자네도 같이 들어가지."

"네, 보스."

그레고리가 겁먹은 눈으로 자신을 보고 있는 의사와 간호사들을 힐끔 본 후 그들에게 다가갔다. 병원 직원들은 그레고리가 다가오는 것에는 반응을 하지 않았지만, 대머리에 문신을 새긴 미로슬라브가 옆에서 따라오는 것을 보고는 기겁을 했다.

그레고리가 양 손바닥이 보이도록 손을 들며 사람 좋은 웃음을 지었다.

"아, 여러분께 해를 끼치는 일은 절대 없을 겁니다. 그리 두려워하지 마세요. 저는 이곳에 입원한 제 딸을 보러 온 것뿐입니다. 그렇지 미로슬라브?"

그레고리의 말에 조금 안정되었던 직원들의 표정이 자신들을 훑어보는 미로슬라브의 날카로운 눈빛에 다시 굳어졌다.

본능적으로 수상한 자가 없는지 훑어보던 미로슬라브의 등을 툭 친 그레고리가 그의 어깨에 손을 올리며 웃었다.

"이 친구가 생긴 것은 좀 무섭게 생겼어도, 착한 친구입니다. 그러니 너무 두려워 마시고 제 딸을 잘 좀 부탁드립니다. 제 딸 이름은 키스……"

"보스!"

그레고리의 말을 듣고 있던 미로슬라브가 그가 무슨 말을 하고 싶은 건지 눈치채고 재빨리 말을 막았다.

미로슬라브를 보며 눈을 깜빡이던 그레고리가 이미 유명해진 키스카의 아버지가 마피아라는 소문이 나면 안 된다는 것을 깨닫고 입을 뻐끔거렸다.

잠시 당황한 표정을 짓던 그레고리가 한숨을 쉰 후 아직도 겁먹은 표정을 짓고 있는 의사와 간호사들을 향해 쓴웃음을 지으며 말했다.

"아무튼…… 잘 부탁합니다. 그럼."

마지막까지 직원들에게 고개를 숙여 보인 그레고리가 뒷걸음질질을 치며 병원 안으로 들어가 버린 의사와 간호사들을 보며 인상을 썼다.

바지 주머니에 손을 넣고 바닥을 보며 한숨을 지은 그레고리가 옆에 서서 복잡한 표정을 짓고 있는 미로슬라브와 눈을 맞추고는 피식 웃으며 주먹으로 그의 넓은 가슴을 툭 쳤다.

"괜찮아. 그런 표정 짓지 말게."

미로슬라브가 걱정스러운 표정을 지으며 말했다.

"하지만, 보스……."

그레고리가 품 안에서 시가를 꺼내 물었다가 병원 앞임을 깨닫고 구석으로 걸어갔다. 병원 정문 옆에서 다시 불을 붙이려던 그레고리가 키스카의 나이만 한 꼬마 남자아이가 환자복을 입고 걸어 나오는 것을 보고는 다시 병원 입구에서 멀리 떨어진 흡연 구역으로 자리를 옮겼다.

재떨이가 구비된 벤치에 앉아서야 시가에 불을 붙인 그레고리가 연기를 깊게 빨아들였다가 내뱉으며 어두워지는 하늘을 바라보았다.

"언제나 남 위에 서서 우월감을 느꼈었는데 말이야. 나탈리에가 죽고부터 내가 살아온 인생이 점점 싫어지는군그래. 미로슬라브 자네는 이 길에 들어선 것을 후회해 본 적 없나?"

미로슬라브가 그레고리의 주위를 날카로운 눈으로 경계한 후 코트 뒤로 손을 숨기고 열중쉬어 자세로 말했다.

"없습니다."

그레고리가 자조적인 웃음을 띠며 시가를 입에 물었다.

"그래도 키스카가 내 품에 있을 때는 좀 덜했어. 이제 내 품을 떠나 있는 시간이 더 많아지고, 아이와 사회가 결합하는 시기가 오니 떳떳하게 내가 이 아이의 아비라고 말할 수도 없는 내 직업이 더 싫어지는군."

미로슬라브가 죽은 자신의 아내와 아들을 잠시 떠올렸지만 이내 고개를 저은 후 말했다.

"보스의 말 한마디에 팔천의 레드 마피아가 움직입니다. 마음을 굳건히 하십시오."

그레고리가 쓴웃음을 지으며 고개를 끄덕였다.

"그래, 나약한 소리는 자네만 들어주게. 밑에 아이들에게 이런 이야기를 할 만큼 멍청한 보스는 아니니까."

"머, 멍청하다니요, 그렇지 않습니다, 보스."

"후후, 괜찮네. 시가 한 대만 피우고 케이에게 가보세."

그레고리는 아주 오랫동안 시가를 피웠다. 보통 하나의 시가를 한 번에 피우지 않고 잘라 두었다가 다시 피웠던 그레고리였지만, 앉은 자리에서 한 개의 시가를 다 태운 그레고리가 재떨이에 시가를 던져 넣은 후로도 한참 동안 벤치에 앉아 있었다.

차가운 한 겨울바람에 얼어붙은 코를 비비던 그레고리가 자리에서 일어나 몸을 부르르 떨자 미로슬라브가 황급히 코트 하나를 가져와 덮어주었다.

"죄송합니다, 경황이 없어 미처 챙기지 못했습니다."

코트 앞섶을 여며 끌어당긴 그레고리가 웃으며 말했다.

"얼어 죽을 뻔했어, 허허. 가세."

미로슬라브만 대동하고 병원 엘리베이터를 탔지만, 여전히 그의 머리 문신을 보고 엘리베이터를 타지도 못하는 일반인들을 본 그레고리가 피식 웃으며 미로슬라브를 보았다.

"자네나 나나, 사람들 속에 우리 자리는 없는 것 같구먼."

미로슬라브가 아무렇지 않은 신색으로 말했다.

"마피아를 시작할 때부터 그런 것은 포기했었습니다."

"후후, 그렇군."

VIP 병동으로 올라가던 엘리베이터가 멈추고, 열린 문으로 나선 그레고리의 앞으로 안내하려는 듯 미로슬라브가 빠르게 튀어나갔다. 건이 입원해 있는 병실 앞에 선 미로슬라브가 그레고리의 발걸음 속도에 맞추어 기다렸다가 문을 열려 하자 그레고리가 손을 들어 만류했다.

"아, 내가 열지."

미로슬라브가 문에서 손을 떼고 옆으로 물러서자 그레고리가 소리가 나지 않게 조심스러운 몸짓으로 문을 열었다.

힘없는 환자들을 배려해서인지 기름칠이 잘된 미닫이문이 부드럽게 열리자, 안에서 건과 카를로스의 대화 소리가 들려왔다. 대화를 방해하고 싶지 않았던 그레고리가 가만히 서서 기다리며 원치 않게 그들의 대화를 듣게 되었다.

"응? Fury의 다른 버전을 만든다고? 왜?"

"카를로스, 내가 실수했어요."

"실수라니? 지금 반응이 어떤지 못 들었어? Fury 덕에 죽어 가던 음반 시장에 활력이 돌 수준의 성공이라고. 이런 곡을 굳이 변경할 이유가 있나?"

"앨범을 재녹음하자는 것은 아니에요. 라이브 중에 원곡을 변형해서 연주하는 뮤지션은 많잖아요, 그런 뜻으로 말씀드린 거예요."

"아, 뭐 그런 거야 언제든 해도 돼, 그런데 왜?"

"Fury가 가진 메시지 아시죠?"

"어, 알지. 부모에 대한 분노를 표현한 곡 아닌가? 케이 네 성장 과정이 녹아 있고, 케빈 그 녀석과 키스카 그 아이의 이야기도 녹아 있다고 들었어."

부모에 대한 분노가 녹아 있는 곡에 키스카의 생각도 있다는 것을 의도치 않게 엿들은 그레고리가 문고리를 잡고 있던 손을 떨구었다.

바닥에 시선을 두고 그들의 말에 계속 귀를 기울이는 그레고리의 귀로 건과 카를로스의 계속된 대화가 들려왔다.

"그 가사를 키스카가 썼다지?"

"네, 그랬죠."

고개를 숙이고 있던 그레고리가 조용히 문을 닫았다.

문 앞에 한참을 서서 바닥을 보고 있던 그레고리가 병실 문

옆에 있던 검은 의자에 앉은 후 서 있는 미로슬라브를 올려다보며 힘없이 웃었다.

"여기도 내가 있을 자리는 없군그래."

그를 내려다보고 있던 미로슬라브의 표정이 복잡해졌다. 그레고리가 대화를 엿듣다 나간 것을 몰랐던 건이 카를로스에게 악보를 내밀며 말했다.

"키스카는 그레고리 때문에 엄마를 잃었지만, 그를 원망하지는 않아요. 엄마를 빼앗아간 사람들을 직접 보아서 그런 것일지도 모르고, 언제나 자신을 아껴주는 아빠이기 때문일지도 몰라요. 이 가사는 연습실에서 제 성장 과정을 들은 후 제 감정을 담은 것이라고 할 수 있어요."

카를로스가 건이 내민 악보를 받아 들고 고개를 갸웃했다.

"그럼 키스카 그 아이의 감정이 아니란 것인가?"

"네, 책을 읽고 독후감을 쓴 정도라고 생각하시면 돼요. 엄청난 수준의 독후감이지만."

"음, 그렇군. 그런데 그것과 음악의 편곡 사이에 어떤 연관관계가 있는 건가?"

건이 마음속으로 악보를 본 암두시아스의 말을 떠올렸다.

'아직 쓰레기야.'

잠시 그를 떠올려 본 건이 입술을 깨물며 말했다.

"이 곡에 분노와 애정이 있다고 하셨죠? 하지만 말이에요, 제가 보기에 그 애증은 저급한 '원망'일 뿐이었다고 생각해요."

카를로스가 눈을 크게 뜨며 반문했다.

"원망?"

"네, 원망이에요. 왜 나에게 이렇게밖에 못했나요? 왜 나에게 더 잘해주지 않았나요? 라는 저급한 원망이죠, 마치 사춘기 아이가 투정을 부리는 것 같아요."

카를로스가 다시 악보를 보다가 입술을 내밀었다.

"난 잘 모르겠는데?"

건이 카를로스의 손에서 악보를 가져오며 말했다.

"맞아요, 제가 그렇게 만들었어요, 키스카에게 제 과거를 설명할 때의 제 마음이 그랬으니까요, 키스카는 그 마음을 읽었고 제 마음에 드는 가사를 써 준 것이에요."

카를로스가 팔짱을 끼며 물었다.

"그래서? 원망 역시 사람이 느끼는 감정이고, 분노, 애정, 원망이 한 곡에 공존한다고 해도 이상할 건 없어."

건이 고개를 저으며 악보를 구겼다.

"아니에요, 내가 하고 싶었던 말은 그게 아니었어요."

"음…… 네가 말하고 싶었던 분노는 뭐였는데?"

건이 악보를 더욱 구겨 쥐며 창밖을 보았다.

"스스로에 대한 분노. 바로 그것이었습니다."

"스스로에 대한 분노라니? 왜 스스로에게 분노를 하지? 넌 가정폭력에 일방적으로 노출되었던 성장 과정을 가졌잖아?"

카를로스의 의문스러운 물음에 건이 창밖에 시선을 두고 말했다.

"그때의 저는 반항할 수 없는 스스로에 대한 무기력함에 분노를 가지고 있었어요. 물론 아버지에 대한 원망이 있었죠, 저는 항거할 수 있는 나이가 아니었고, 그는 강했으니까요."

카를로스가 건의 분위기가 달라지는 것을 느끼고 조용히 귀를 기울였다. 한겨울 앙상하게 뻗은 가지가 창가에 드리워져 있는 것을 보던 건이 말을 이었다.

"아버지에 대한 원망으로 내 인생과 나의 생각이 남에 대한 원망으로 가득한 것이 싫어요. 나는 누군가를 원망하지 않을 거예요, 원망할 수밖에 없는 상황이 주어졌다 해도 그러지 않을 거예요. 그것은 비열하고 저급한 감정일 뿐이에요."

카를로스가 미간을 찌푸리며 말했다.

"그것이 과연 솔직한 너의 감정이라고 할 수 있을까? 내가 너와 같은 일을 겪었다면 그러지 못했을 것 같은데 말이야."

건이 고개를 돌려 카를로스를 보았다.

"솔직한 감정 아니에요. 하루에도 몇 번씩 그를 죽이고 싶다는 말을 일기에 썼어요. 아직도 한국의 집에 남아 있는 내 일기에는 그 시절 내가 커서 힘을 가지면 반드시 그를 죽이겠다는 말이 쓰여 있으니까요."

"그런데 왜? 솔직한 감정이 진짜잖아?"

건의 마음속으로 네팔에서 만난 비라시의 말이 떠올랐다.

'용서를 노래해요. 용서는 왕의 역할이지만, 복수는 저급한 자의 행위일 뿐이에요. 그리고 사랑하세요. 누군가를 사랑하면서 그와 동시에 현명해진다는 것은 불가능한 일이기도 하지만, 개인을 사랑하기보다 세상을 사랑해 봐요. 자기 자신만을 사랑하는 인간은 사회를 거칠고 삭막하게 만드니까요.'

건이 희미하게 미소를 지으며 말했다.

"남을 원망하는 자는 결국 스스로를 원망하는 거예요. 내 속의 분노를 터뜨리는 방법으로 원망을 택하는 자는 저급한 자일 뿐입니다."

카를로스가 잠시 건을 바라보다 피식 웃었다. 하지만 걱정이 사라지지 않는지 다시 한번 사족을 붙였다.

"그래, 네 말이 맞다. 하지만 말이야, 네 말대로 스스로에 대한 분노를 터뜨린다면 그것은 '자책'이 될지도 몰라. 자책은 원망보다 더 어리석은 짓이란 것은 알고 있겠지?"

건이 짙은 미소를 지으며 고개를 끄덕였다.

"그럼요, 잘 알고 있어요. 자책과 분노의 폭발은 다를 거예요. 아니, 꼭 다르게 만들 테니 걱정 마세요."

그제야 안심한 표정을 지은 카를로스가 건이 구겨 버린 악보 뭉치를 내려다보다 문득 물었다.

"그런데 라이브에서 바꾸어 연주한다고 했지? 너 라이브 무대에 서려는 거야? 안 한다고 했잖아. 그래서 앨범 외에 그 곡으로 스케줄을 잡지는 않았었는데? 갑자기 스케줄을 잡으려면 라이브 홀 대여를 해야 해. 지금 잡아도 4개월은 지나야 라이브가 가능할 텐데 어쩌려고?"

건이 고개를 돌려 소파에 엎어져 자고 있는 케빈의 맞은편에 앉아 졸고 있는 여인을 보았다.

카를로스 역시 건의 시선을 따라 여인에게 고개를 돌리자 건이 이를 드러냈다.

"이런 때 가장 도움이 되는 분이 바로 여기 계시네요."

놀란 가슴에 긴장이 풀려 그녀답지 않게 꾸벅꾸벅 졸던 린이 눈을 반쯤 뜨고 침대를 바라보다 건과 카를로스가 자신에게 시선을 모으고 있는 것을 보고는 눈을 비볐다.

"응? 왜요?"

건과 카를로스가 그녀의 모습에 서로를 마주 보며 유쾌한 웃음을 터뜨렸다.

한편 병실 밖에서 건과 카를로스의 웃음소리를 들은 그레고리가 자리에서 일어났다.

"이제 들어가도 되려나?"

그레고리가 문손잡이를 잡으려 하는 순간 조직원으로 보이는 남자가 뛰어오며 미로슬라브에게 말했다.

"아가씨가 나오셨습니다."

건의 병실로 들어가려던 그레고리가 동작을 멈추고 고개를 돌렸다.

"음, 어디로 가면 되는가?"

"2층 정신과에서 이쪽으로 올라오고 계십니다."

"알았네, 수고했어."

그레고리가 살짝 긴장한 표정으로 바삐 걸어가 엘리베이터 앞에 섰다. 종합병원이라 여덟 대나 되는 엘리베이터 중 어디서 기다려야 할지 우왕좌왕하던 그레고리가 땡 소리가 나며 멈추는 엘리베이터 앞에 재빨리 다가갔다.

문이 열리고 병준의 품에 안긴 키스카가 보이자 그레고리가 환하게 웃으며 손을 내밀었다.

"키스카! 아빠 왔단다!"

병준에게 꼭 안겨 있던 키스카가 아빠의 목소리를 듣고 귀를 쫑긋거리더니 고개를 획 돌렸다.

그레고리의 웃는 얼굴을 본 키스카가 병준의 목을 놓고 그레고리에게 팔을 내밀었다. 한껏 웃으며 키스카를 받아 든 그레고리가 소녀의 볼을 꼬집어 보고, 어디 상한 곳은 없는지 여기저기를 살펴보았다.

병준은 그레고리를 어려워했기에 엘리베이터에서 내리지도 못하고 우물쭈물하다가 자동문이 닫히는 것을 확인하고는 황급히 손으로 엘리베이터 문을 잡았다.

그제야 자신이 문을 막고 있다는 것을 깨달은 그레고리가 미안한 표정으로 한걸음 물러났다.

"아, 미안합니다."

"아닙니다! 아니에요!"

병준이 재빨리 몸을 움직여 미로슬라브의 옆에 섰다. 자주 이야기를 나누고 함께 담배도 피웠기에 미로슬라브 쪽은 조금 편해진 병준이었다. 키스카의 고사리 같은 손가락을 만져보던 그레고리가 병준에게 시선을 주며 물었다.

"검사 결과는 나왔습니까?"

병준이 한 걸음 앞으로 걸어 나오며 한쪽 팔을 건의 병실 쪽으로 들어 올렸다.

"들어가서 이야기하시죠."

"아, 그럽시다."

병준이 먼저 달려가 문을 열자 건과 카를로스, 린이 문 쪽을 보았다. 병준을 보고 다급히 키스카의 안부를 물으려던 건이 따라 들어오는 그레고리를 보고 말을 바꾸었다.

"아, 그레고리! 오셨군요?"

키스카를 안고 들어오던 그레고리가 미소를 지었다.

"그래, 몸은 좀 어떤가?"

"괜찮아요, 그보다 의사가 뭐라고 했나요? 키스카는 괜찮아요?"

건이 걱정스러운 눈으로 소녀를 바라보자 그레고리가 온화한 미소를 지으며 병준을 돌아보았다.

"나도 이제 들어야 하네. 어이쿠 우리 키스카가 많이 무거워졌구나. 어디 좀 앉을 자리가……."

그레고리가 주위를 돌아보다가 3인용 소파에 누워 자고 있는 케빈을 보자 미로슬라브가 다가가 케빈을 흔들어 깨웠다. 피곤했었는지 입맛을 다시며 몸을 뒤척이면서도 잠에서 깨지 않는 케빈을 본 미로슬라브의 미간에 힘줄이 솟아났다.

천연덕스럽게 자는 케빈의 얼굴 위로 미로슬라브의 큼지막한 손이 올라가는 것을 본 병준이 다급히 속삭였다.

"미, 미로슬라브! 안 건드리는 것이 좋아요."

미로슬라브가 펀치를 먹이려던 손을 멈칫하고 병준을 보았다.

병준이 식은땀을 흘리며 속삭였다.

"애 건드리면 레드 케슬로 미사일이 날아올지도 몰라요."

미로슬라브가 눈썹을 꿈틀하고 다시 케빈을 보다가 천천히 몸을 일으켰다. 등 뒤로 식은땀이 흐르는 것을 느낀 병준이 미로슬라브와 케빈 사이를 파고들어 누워 있는 케빈 위에 그대로 앉았다.

"으흑! 무, 뭐야!"

무거운 병준이 깔고 앉자 놀라 손을 허우적거리는 케빈이 자신의 배 위에 앉아서 물끄러미 자신을 내려다보고 있는 병준을 보고 외쳤다.

"매, 매니저님! 뭐 하시는 거예요?"

병준이 슬그머니 일어나자 케빈이 자리에서 일어나 짜증스러운 표정으로 병준을 보았다.

그 모습을 보고 웃음 지은 그레고리가 케빈의 옆자리에 털썩 앉으며 말했다.

"이제야 자리가 났군."

초면이라 뭐라고 하기에도 그랬던 케빈이 얼굴을 매만지며 정신을 차리려 하자 병준이 그의 귓가에 조그맣게 속삭였다.

"나는 방금 미국과 러시아의 전쟁을 막았습니다."

"예? 뭔 소리예요, 그게?"

"그런 게 있어요."

알 수 없는 소리를 하는 병준을 째려본 케빈이 일어나 있는 건을 보고 화들짝 놀라 침대로 날 듯이 뛰어왔다.

건의 손을 꼭 잡은 케빈이 눈물을 글썽이며 외쳤다.

"케이! 괜찮은 거야? 얼마나 걱정했는지 알아?"

건이 케빈이 잡은 손을 슬며시 뒤로 빼며 웃었다.

"걱정한 것 치고는 너무 잘 자던데?"

케빈이 식은땀을 흘리며 변명을 했다.

"아…… 아니, 그건 내가 어제도 밤새 연습을 해서……."

"하하, 알았어. 지금 중요한 이야기를 해야 하니까 조금 있다가 이야기하자."

"어? 어…… 알았어."

케빈이 비켜서자 병준이 자리에서 일어나며 말했다.

"일단, 모두가 궁금해하는 키스카의 말에 대해서 먼저 말씀드리자면, 키스카는 병실에서 했던 한 마디 이후에 다시 입을 꾹 다물어 버렸습니다. 정신과 의사가 무려 한 시간이나 대화를 시도했지만, 동작을 통한 의사 표현 외에는 하지 않았습니다."

그레고리가 품에 안긴 키스카의 엉덩이를 토닥거리며 말했다.

"검사 결과는 어떻습니까?"

병준이 그레고리의 목을 꼭 붙잡고 안겨 있는 키스카를 힐끔 본 후 말했다.

"어떤 이상도 발견되지 않았다고 합니다. 의사 말로는 정신적인 이유로 말을 하지 않는 것이지, 못하는 상태가 아니랍니다."

키스카의 작은 머리를 쓰다듬던 그레고리의 표정에 일순 미안함이 스쳤다. 키스카의 엄마 이야기를 아는 모든 이가 그레고리의 표정을 보며 안타까움을 느끼고 침묵했다.

병실에 짧은 침묵이 지나가고 복잡한 표정의 그레고리가 키스카를 들어 올려 자신과 눈을 맞추었다.

소녀의 큰 눈망울을 한참 보던 그레고리가 힘없이 웃으며 말했다.

"아빠는 항상 기다리마. 언젠가는 내게도 네 음성을 들려주겠지. 조급해 않고 기다리마."

키스카가 큰 눈을 깜빡이며 그레고리의 눈을 보았다.

가타부타 반응이 없는 키스카를 한참 보던 그레고리가 다시 소녀를 안아주며 말했다.

"그럼 이상이 없으니 입원은 안 해도 된답니까?"

"네, 그럼요. 원래 아파서 실려 온 것도 아니니까요."

그레고리가 건을 돌아보며 물었다.

"케이는요?"

병준이 허리춤에 손을 올리고 말했다.

"쟤는 며칠 더 입원해야 한답니다. 이상이 발견된 것은 아니지만 일단 뇌 쪽에 충격을 받으면 적어도 삼 일은 지켜봐야 한다고 하네요."

그레고리가 고개를 끄덕이며 건에게 말했다.

"그래, 혹시 모르니 그렇게 하는 것이 좋겠군. 푹 쉬다 오게. 난 이만 돌아가 보지."

건이 자리에서 일어나려 하며 말했다.

"가시게요?"

그레고리가 고개를 세차게 저으며 한 손을 들어 올렸다.

"그냥 누워 있게. 그럼 난 갈 테니 집에 돌아와서 보세."

그레고리가 키스카를 안고 자리에서 일어나자 키스카가 몸을 버둥거렸다.

잠시 자신의 딸을 내려다보던 그레고리가 실소를 지으며 건의 침대 위에 키스카를 올려둔 후 미로슬라브에게 말했다.

"후후, 키스카는 남고 싶은가 보군. 미로슬라브, 부탁 좀 하지."

미로슬라브가 고개를 끄덕였다.

"맡겨주십시오."

"그래, 그럼 난 가지."

조금 쓸쓸하게 병실을 나서는 그레고리와 그를 배웅하기 위해 나서는 미로슬라브의 뒷모습을 못마땅한 표정으로 보던 케빈이 병준에게 물었다.

"뭐 하는 사람들이에요? 한 사람은 엄청 흉악해 보이는데."

케빈의 말을 들은 키스카가 그를 째려보았다.

케빈은 키스카의 눈빛을 보고 목을 움츠리며 말을 더듬거렸다.

"아니…… 난 그냥……."

건이 피식 웃으며 말했다.

"아니, 난 그냥…… 천사들의 합창에 시릴로냐? 후후후."

멍청한 표정을 지으며 시즈카의 눈치를 보고 있는 케빈이 어색하게 웃었다.

♪♪♩

맨하탄 이스트 42번가 그랜드 하얏트 호텔의 스위트룸.

정신을 차린 건이 카를로스와 활발히 Fury의 편곡에 대한 토론을 나누는 것을 확인한 린이 호텔로 돌아와 소파에 앉아 커피를 마시고 있었다.

손톱으로 테이블 위를 톡톡 건드리고 있던 린이 낮게 중얼거렸다.

"Fury의 새로운 버전을 만든다, 그리고 건 씨는 그것을 최대한 많은 이에게 이른 시간 안에 들려주기를 원한다. 하지만 지금부터 공연 기획을 해도 라이브 홀 예약 문제로 공연이 가능한 시간은 건 씨의 방학이 끝난 후가 되겠지? 으음……."

린이 고개를 돌려 호텔 벽에 붙어 있는 달력을 보았다. 잠시 달력을 노려보던 린이 갑자기 벌떡 일어나 침대 위에 있던 핸드폰을 들었다.

"나예요. 최대한 빠른 시간 안에 리버풀 사운드 시티 기획 담당자와 연결해 줘요."

전화를 끊은 린이 테이블 위에 전화기를 올려놓고 검게 변한 액정을 노려보았다. 십 여분도 지나지 않아 액정에 불이 들어온 전화기가 진동을 울렸다.

잠시 숨을 고른 린이 전화기를 들었다.

"네, 손린입니다."

-네, 이사님. 전략 기획실의 류웨이입니다. 리버풀 사운드 시티 퍼블릭 릴레이션팀의 조 앨런 팀장과 연결하겠습니다.

"그래요. 부탁합니다."

잠시 신호가 가는 소리가 들리고 영국 억양을 쓰는 남성의 중저음이 들려왔다.

-퍼블릭 릴레이션 팀의 조 앨런입니다.

"반갑습니다, 팡타지오의 손린입니다."

-네, 이사님. 미리 전달받았습니다. 무슨 일이십니까?

"혹시 리버풀 사운드 시티의 참가 뮤지션이 확정되었나요?"

-물론입니다. 축제까지 2주밖에 남지 않았으니까요. 로케이션까지 마치고 현재는 장비 설치 중입니다.

"혹시 공연 자리 하나만 빼주실 수는 없을까요?"

-음……. 팡타지오라면…… 중국 뮤지션입니까?

"아닙니다, 몬타나예요."

우당탕!

전화기 너머로 무언가 쓰러지는 소리가 들렸다. 수화기를 떨어뜨렸는지 굉음이 흘러나오자 린이 인상을 쓰며 전화기에서 귀를 뗐다.

잠시 후 부스럭거리는 소리가 들리며 남자의 목소리가 다시 울렸다.

-여, 여보세요?

"예, 말씀하세요."

-아, 죄송합니다. 그런데 방금 몬타나라고 하셨습니까?

"네, 맞습니다."

다시 한번 확인을 한 조 앨런 팀장이 잠시 말을 잃었다. 리버풀 사운드 시티는 국제적인 행사였지만, 메이저급 뮤지션이 즐겨 찾는 무대는 아니었다.

비틀즈라는 시대의 뮤지션이 밴드 활동을 시작한 리버풀이라는 도시에서 사흘간 벌어지는 대형 음악 축제였지만 그 무대가 쇼핑몰의 작은 무대이거나, 주차장, 창고 등을 이용한 축제였기 때문이다.

물론 클럽에서도 진행하고 있지만, 리버풀에 있는 클럽 중 비틀즈가 실제 공연했던 케번스 클럽도 그 규모가 작기에 메이저 뮤지션보다는 세계의 여러 나라에서 다양한 인디 뮤지션들이 참여하는 축제가 바로 리버풀 사운드 시티였다.

만약 조 앨런이 몬타나의 공연을 성사시킨다면 그의 승진은 떼놓은 당상이었다.

-잠시만요! 잠시만 기다려 주세요, 스케줄 표를 확인하겠습니다.

"네, 기다리죠"

수화기 너머로 한참 서류 넘기는 소리가 들리더니 조 앨런의 고함 소리가 들렸다.

-어떤 놈이 이렇게 촘촘하게 스케줄을 짰어!

다행히 수화기를 내려놓은 상태로 소리를 질러 린의 인상이 찌푸려지지 않았지만, 그의 절망적인 고함 소리에 린의 얼굴이 구겨졌다.

한참을 더 서류 넘기는 소리가 들리고 나서야 조 앨런의 말이 이어졌다.

-저…… 죄송합니다만, 담당자가 너무 타이트하게 일정을 짜놔서 도저히 몬타나의 공연을 끼워 넣을 자리가 없습니다. 대형 뮤지션이라 적어도 세 곡은 하셔야 할 텐데 말입니다.

린이 비어 있는 손으로 테이블을 톡톡 치며 말했다.

"한 곡이라면 어떻습니까?"

수화기 너머로 잠시 침묵이 흘렀다.

당황한 것 같은 조 앨런 팀장이 잠시 시간이 흐른 후 조심스럽게 말했다.

-몬타나 같은 대형 뮤지션이 영국까지 와서 단 한 곡만 하신다고요?

"한 곡만이라면 가능하겠습니까?"

-뭐…… 한 곡이라면 뮤지션들 교체 시에 끼워 넣으면 얼마든 가능합니다만…….

"좋습니다, 저희 측 조건을 맞춰주시면 그렇게 하죠."

-조…… 조건이요? 서, 설마 게런티를 요구하시려는 겁니까? 몬타나 같은 대형 뮤지션에게 거액의 게런티를 드릴 수 있을 만큼의 예산은 없습니다만…….

"아닙니다. 저희 측 조건은 오늘부터 축제 시작까지 최대한 많은 이에게 몬타나의 축제 참가에 대해 홍보해 달라는 것, 한 곡을 하는 대신 최대한 여러 번의 무대를 가지게 해달라는 것, 정식 클럽보다는 탁 트인 야외무대에 서게 해달라는 것, 이 세 가지입니다. 가능하겠습니까?"

-아…… 첫 번째는 저희 입장에서도 원하는 것입니다. 그리고 두 번째는 한 곡만이라면 몇 번이든 가능하십니다. 그런데 세 번째는 이해가 되지 않네요. 리버풀에는 사운드를 제대로 낼 수 있는 클럽들이 늘비합니다. 굳이 소리가 퍼져 버리는 야외무대를 원하시는 이유가 있습니까?

린이 잠시 숨을 고른 후 말했다.

"최대한 많은 분과 교감하고 싶다는 뮤지션의 의지입니다."

-아…… 그렇군요, 역시 몬타나쯤 되는 뮤지션은 뭔가 다르군요, 하하.

"그럼 가능한 것으로 알고 있어도 되겠습니까?"

-예, 물론입니다. 대신 금일 내로 정식 참가 공문을 보내주시겠습니까? 우리 측에서도 마케팅은 비용을 소모하는 것이니 마케팅 시작 후 참가가 취소되면 손해가 크니까요.

"알겠습니다. 한 시간 내로 보내죠."

-시원스러우시군요, 하하. 그럼 바로 포스터 제작 및 홈페이지에 게재 준비를 하겠습니다. 아, 실례지만 어떤 곡을 할 예정이신가요?

"Fury입니다. 모든 무대에서 이 한 곡만을 연주할 예정이에요."

-예? Fury라면…… 보컬이…….

"네, 맞습니다. 케이가 참가할 것입니다."

우당탕!

다시 한번 수화기 너머로 무언가 쓰러지는 소리가 들리고 조 앨런의 고함이 터져 나왔다.

-저, 정말이십니까! 케, 케이가 온다고요?

조 앨런의 근처에서 통화를 엿듣고 있던 직원들이 놀라 질러대는 고함까지 합쳐진 굉음을 들은 린이 수화기에서 귀를 뗸 후 한숨을 지었다.

-제, 제가 제대로 들은 것이 맞습니까? 이사님! 이사님!

다시 전화기를 귀에 댄 린이 차분하고 사무적인 어조로 말했다.

"네, 제대로 들으셨습니다. 리버풀 사운드 시티에 케이가 출연할 것입니다."

-그, 그런! 아, 알겠습니다! 당장 대대적인 광고를 하죠! 아니, 보조 예산까지 모두 마케팅에 쏟아붓겠습니다! 공문 처리를 부탁드립니다, 이사님!

"네, 곧 보내겠습니다, 그럼 수고하세요."

-감사합니다! 감사합니다, 이사님!

조 앨런이 언제까지고 감사 인사를 멈추지 않을 것 같자 린이 먼저 전화를 끊었다.

귀가 아팠는지 손바닥으로 귀를 매만진 린이 다시 평온해진 마음으로 커피를 마시며 미소 지었다.

♪♪♩

밤늦은 시간.

모두를 안심시킨 건이 불편한 병원에서 밤을 지새울 필요가 없음을 피력하고 사람들을 돌려보냈다.

집에 가서 직접 만든 음식을 싸 와 키스카와 건에게 먹여준 시즈카를 마지막으로 넓은 VIP 병실에는 키스카와 건 두 사람만이 남게 되었다.

시즈카가 아쉬운 눈빛을 보내며 병실을 나가는 것을 배웅한 건이 침대에 앉아 자신을 보고 있는 키스카를 조용히 바라보았다.

한참 키스카의 귀여운 얼굴을 들여다보고 있던 건이 소녀의 눈망울을 보며 말했다.

"나 아까 키스카의 목소리를 듣고 엄청 놀랐다?"

키스카가 큰 눈을 깜빡이며 고개를 갸웃하자 건이 웃으며 말했다.

"목소리가 너무 예쁘고 귀여워서 놀랐어."

키스카가 자신을 빤히 올려다보자 앞머리를 쓸어준 건이 말했다.

"그렇게 예쁜 목소리를 가지고 있을 줄은 몰랐거든. 내가 들어본 목소리 중에 제일 예뻤어."

그저 자신을 보고 있는 소녀를 본 건이 키스카를 안아주며 말했다.

"안 졸려? 이제 자야지?"

건이 자신을 눕혀 이불을 덮어주는 것을 보고 있던 키스카가 화장실을 가려는 듯 일어나는 건의 뒷모습을 보며 조그맣게 속삭였다.

"목소리가…… 예뻐?"

화장실을 가려던 건의 몸이 굳었다. 놀란 표정으로 뒤를 돌아본 건의 눈에 이불을 덮고 큰 눈을 깜빡이며 누워 있는 키스카가 들어왔다.

"또…… 또 말을 한 거야?"

건이 침대로 다가와 키스카에게 얼굴을 바싹 들이밀며 놀란 눈으로 말했다.

"키스카! 다시 말해봐, 방금 뭐라고 했어?"

건이 키스카를 재촉했지만, 소녀의 입은 더 이상 열리지 않았다.

한참 키스카에게 말을 걸어보던 건이 고개를 절레절레 흔들며 침대에서 일어났다. 머리를 긁으며 화장실로 향하던 건이 키스카를 힐끔 보며 중얼거렸다.

"아, 아직 머리가 안 나은 건가? 분명히 뭐라고 말한 것을 들은 것 같은데."

건이 화장실로 들어가는 것을 보고 있던 키스카가 이불을 덮어쓰며 작게 웃었다.

"목소리가…… 예뻐."

이불을 머리까지 뒤집어쓴 시즈카가 뭔가 기분이 좋은 듯 침대를 굴러다녔다.

화장실을 다녀온 건이 이불이 돌돌 말려 유령처럼 변한 키스카를 보며 실소를 지었다.

다음 날. 의사의 만류를 뿌리친 건이 퇴원 준비를 했다. 병원 원무과의 연락을 받고 달려온 병준이 병실 문을 거칠게 열며 침대 위에 앉아 셔츠의 단추를 끼우고 있는 건에게 소리를 질렀다.

"야! 아직 퇴원하면 안 된다는데 어딜 가?"

침대에 앉아 있던 건이 몸을 돌리며 웃었다.

"괜찮다니까요, 형. 그냥 두통이 심하게 왔던 것뿐이에요."

병준이 발소리를 쿵쾅거리며 침대 쪽으로 다가와 소리를 지르려다가 소파에 앉아서 멀뚱히 자신을 바라보고 있는 키스카와 눈을 마주치자 고개를 절레절레 흔들었다.

"키스카, 아이스크림 사 왔어."

키스카가 반색하며 병준이 내민 아이스크림 봉지를 받아 들었다.

소녀에게 아이스크림을 넘겨 준 병준이 조금 차분해진 어조로 말했다.

"너 린 이사님께 공연하게 해달라고 했다며, 그 몸으로 무슨 공연을 한다고 그래? 너 지금 퇴원하는 것도 곡 다듬으러 가려는 거지!"

옷을 다 입은 건이 미소를 짓다가 병준이 뚜껑을 열어주지 않아 혼자 낑낑대며 아이스크림 뚜껑을 열기 위해 노력하는 키스카에게 다가갔다.

"형은, 애한테 그냥 이렇게 주면 어떡해요?"

건이 아이스크림 뚜껑을 열고 키스카의 손에 스푼을 쥐여 준 후 몸을 일으켰다. 못마땅한 표정으로 자신을 째려보고 있는 병준을 보며 웃음 지은 건이 옷장에서 코트를 꺼내 걸치며 말했다.

"Fury뿐 아니라, 제가 만든 음악은 제 자식과 마찬가지예요. 그냥 싸질러 놓고 책임지지 않는 아버지가 되고 싶지는 않아요, 잘못된 것은 고쳐야죠."

병준이 인상을 찌푸리며 물었다.

"뭐? 뭘 싸질러? 그게 뭔 소리야?"

입에 아이스크림을 묻혀가며 컵에 얼굴을 묻고 있는 키스카를 일으켜 입을 닦아준 건이 씩 웃었다.

"부족한 자식의 곁을 지키러 가야죠. 그것이 아버지니까."

♪♪♩

카를로스는 지난번 건의 작업을 위해 빌렸던 링컨 센터를 다시 대여했다. 찬 바람이 매서운 겨울이라 굳이 멀리 갈 것도 없었고, 링컨 센터의 작업실은 비교적 훌륭한 시설을 가지고 있었기 때문이다.

전문 음반 녹음 작업이 아닌 연습 정도는 링컨 센터의 장비로도 충분히 소화할 수 있었기에 내린 결정이리라.

퇴원하자마자 키스카를 데리고 집으로 돌아가는 병준의 편에 자신의 짐을 맡겨 보낸 건이 작업실을 찾았다.

아직 건이 편곡한 악보를 완성하기 전이었기에 몬타나 멤버들은 각자 휴식을 취하고 있는지 연습실은 비어 있었다.

텅 빈 연습실에 사람마저 없으니 조금 쌀쌀한 느낌을 받은 건이 연습실 별로 설치된 개별 보일러의 온도를 올린 후 녹음 부스로 들어갔다. 보면대 위에 올려진 텅 빈 새 오선지를 보던 건이 간이 의자가 있는데도 굳이 바닥에 주저앉아 오선지를 내려다보았다.

'생각이 짧았어. 내 안에 내재 된 분노를 표출한다는 허울 좋은 핑계로 나는 그저 아버지를 원망하는 곡, 아니, 세상 모든 부모를 원망하는 곡을 만들었을 뿐이었다. 그것은 실제 폭력에 시달리지 않은 사람들에게도 파고들어 자라나며 부모에게 서운했던 감정을 분노로 표출시키게 만들었겠지. 다행스럽게도 잠결에 수정한 악보에는 애증이라는 감정이 들어가 있어 사회적으로 문제시 되는 수준까지는 피한 거야.'

건이 벽시계를 힐끔 보았다. 병원이 늘 그렇듯 퇴원 처리는 오전에 진행되었기에 점심 시간이 막 지나가는 것을 확인한 건이 몸을 일으켜 세웠다.

'분노에 대한 고찰이 필요해. 단지 내 마음을 표현한 곡을 들어 달라는 것은 음악적 만용이다. 나는 나의 이야기를 할 뿐이지만 듣는 이는 그로 인해 공감하고 행동하니까.'

꿈에 만난 악마들과의 대화와 그림의 방에서 혼자 성찰하는 시간으로 가진 것으로 말미암아 조금 더 성숙한 생각을 할 수 있게 된 것이었다.

가져온 가방도 없었기에 맨몸으로 링컨 센터 앞을 나온 건에게 재빨리 다가온 조직원이 물었다.

"벌써 나오십니까? 집으로 가시겠습니까?"

병준, 키스카와 함께 모두 집으로 돌아갔을 것이라는 예상과 달리 열 명 이상의 조직원이 남아 링컨 센터 주위를 경계하고 있는 것을 본 건이 미소를 지으며 고개를 흔들었다.

"아니요, 학교 도서관에 좀 가보려고요. 몇 시간 안 나올 테니 식사하고 오시겠어요?"

조직원이 건의 옆에 서서 멀리 대기하고 있던 다른 조직원들을 손짓해 부르며 말했다.

"학교 입구까지 모시겠습니다. 가시죠."

"아, 고맙습니다."

잠시 조직원과 이야기를 나누는 틈에 자신을 알아본 사람들이 모여들기 시작했다.

"꺅! 케이야!"

"그거 봐! 내가 줄리어드 근처에서 죽치면 볼 수 있을지도 모른다고 했잖아!"

"아악, 여기 좀 봐줘요, 케이!"

속으로 조직원들을 그냥 보내지 않은 것을 다행스럽게 생각한 건이 눈을 마주친 사람들에게 미소를 지어주며 이동했다. 간혹 손을 내밀어 건을 만지려는 사람이 있었지만, 총을 소지한 조직원이 슬쩍 품 안의 총을 보이자 바로 물러났다.

한국에서라면 가스총도 아닌 진짜 총을 소지한 경호원들을 의심스러운 눈으로 보았겠지만, 미국의 경호원들이 총을 소지하는 것은 일반적이었기에 사람들은 그저 케이의 인기가 높은 만큼 강도 높은 경호를 받는다는 생각으로 줄리어드 앞까지 조금 거리를 두고 따라 왔다. 학교 앞에 서서 뒤를 돌아본 건이 웃으며 손을 들어주자 따라오던 사람들의 환호가 터져 나왔다.

잠시 사진을 남기려는 사람들에게 포즈를 취해준 건이 조직원에게 속삭였다.

"세 시간 정도는 안 나올 거예요. 어쩌면 더 걸릴 수도 있고요. 식사하시고 좀 쉬세요."

조직원이 선글라스 너머로 건을 힐끔 본 후 말했다.

"학교 앞에 한 명은 두겠습니다. 필요하신 것이 있으시면 그에게 말씀하세요."

"네, 고마워요."

건이 학교로 완전히 들어갈 때까지는 움직이지 않으려는 조직원을 보며 웃어준 건이 학교 문을 열고 들어갔다. 학교 복도에 삼삼오오 서서 이야기를 나누고 있던 학생들이 건을 보자마자 하던 이야기를 멈추고 입을 벌렸지만 그대로 지나친 건이 학교 도서관으로 향했다.

실기 중심의 학교에다 방학까지 겹쳐 몇 안 되는 학생들만 드문드문 자리를 채우고 있는 도서관 입구에서 자신을 알아본 사서가 잠시 소란을 떨긴 했지만, 무난히 도서관 안으로 들어온 건이 심리학에서 말하는 분노를 설명한 책 몇 권을 찾아내 가장 구석 자리로 향했다.

자리에 앉으려고 의자를 빼던 건이 맞은 편에 이어폰을 꽂고 공부를 하고 있는 여학생을 본 후 조용히 의자를 다시 밀어 넣었다. 혹시 고개를 들고 자신을 보았을 때 상대의 공부를 방해하고 싶지 않았던 건이 결국 기둥 뒤 조금 넓은 창틀 위로 올라가 기둥 뒤에 몸을 숨기고 책을 폈다.

예의 무서운 집중력을 발휘한 건이 책 속으로 빠져들자 순식간에 몇 시간이 지났다. 단 한 번도 고개를 들거나 몸을 뒤척이지 않고 책 두 권을 모두 본 건이 마지막 장을 끝으로 더 이상 잡히는 책장이 없자 책을 덮었다.

건이 창밖으로 보이는 겨울의 맨하탄을 보며 책 내용을 상기했다.

분노는 통제해야 한다. 하지만 분노를 풀지 못한 채로 쌓이면 병이 된다. 따라서 분노를 표출하는 것도 필요하다. 하지만 분노를 일으킨 대상이 너무 거대하기에 직접적인 표출이 불가능할 때도 많다.

건이 허리가 뻐근했던지 기지개를 켠 후 어깨를 몇 번 털었다.

"오이디푸스 콤플렉스라는 말이 존재한다는 것도 처음 알았네, 이래서 사람은 공부를 해야 하나 보다. 그동안 너무 음악만 끼고 살았어, 책도 좀 읽어야지."

건이 창틀에서 다리를 내린 후 책을 챙겼다.

'프로이트가 말했던 것과 같이 극단적으로 아버지에 대한 반항심리가 어머니에 대한 소유욕으로 번진 것은 아니지만, 정신 발달에 가장 중요한 시기에 생긴 갈등 요소가 아직 나를 괴롭히고 있는 것이겠지, 케빈도 마찬가지고.'

건이 책을 다시 서재에 꽂아둔 후 졸고 있는 사서를 지나 학교를 나섰다. 학교 문을 연 건이 어두워지고 있는 하늘을 보며 놀라다가 자신을 기다리고 있는 조직원에게 물었다.

"저…… 제가 들어간 지 몇 시간이나 지났나요?"

조직원이 질린다는 눈빛으로 말했다.

"다섯 시간이 조금 넘었습니다."

"아…… 죄송해요. 추운데 오래 기다리셨겠네요. 다시 연습실로 갈게요."

"알겠습니다. 이쪽으로 오시죠."

다시 연습실로 돌아온 건이 시계를 본 후 미안한 웃음을 지었다.

"저, 오늘 여기서 밤새울지도 몰라요. 그냥 돌아가시고 내일 와 주시겠어요?"

추웠는지 코가 빨갛게 달아올랐지만 단호하게 고개를 저어 보이는 조직원이 말했다.

"그랬다가는 미로슬라브에게 죽습니다. 대충 주위에서 쉬고 있겠습니다."

건이 미안한 표정을 지었다.

"많이 추우실 텐데……."

"괜찮습니다, 일 보십시오."

미안함에 차마 연습실에 들어가지 못한 건이 피식 웃으며 말했다.

"생각해 보니 연습실에서 하나 집에 가서 하나 다를 게 없겠네요. 오늘은 돌아가죠."

대기하고 있던 차로 이동하는 건을 보던 조직원이 황급히 말했다.

"우리 때문에 그러실 필요 없습니다."

건이 뒤도 돌아보지 않고 손을 휘휘 저었다.

"아, 아니에요. 제가 가고 싶어서 그래요. 어서 가죠!"

스스로 차 문을 열고 타 버린 건을 한참 서서 보던 조직원이 고개를 절레절레 저었지만, 그의 표정에는 미소가 떠올라 있었다.

잠시 후 레드 케슬에 도착한 건이 별채 앞에서 내리자 대기하고 있던 미로슬라브가 다가왔다.

"이렇게 빨리 퇴원해도 되는 겁니까?"

건이 싱긋 웃으며 차 문을 힘차게 닫았다.

"괜찮아요, 잠깐 두통이 심했던 것뿐이에요."

미로슬라브가 건을 아래위로 보며 찬찬히 뜯어보다가 말했다.

"시간이 되시면, 나중에라도 보스에게 들러주시면 안 되겠습니까?"

건이 눈을 동그랗게 뜨고 말했다.

"그레고리와는 어제 봤었는데, 무슨 일 있어요?"

미로슬라브가 불이 켜져 있는 본채를 아련한 눈으로 바라보다가 코로 하얀 김을 뿜었다.

건에게 고개를 돌려 잠시 복잡한 눈빛을 보이던 미로슬라브가 어렵게 입을 열었다.

"그냥, 보스에게 말동무가 필요해 보여 그랬습니다."

뭔가 있다는 것을 감지한 건이 미로슬라브의 눈빛을 살피다 말했다.

"음…… 그럼 지금 갈까요?"

"그래 주시겠습니까?"

"네, 어려운 일도 아니고 바로 옆인데요, 뭐, 후후"

"그럼 부탁드립니다."

미로슬라브의 안내를 받아 그레고리의 서재 앞에 도착한 건이 그가 문을 열기를 기다렸다.

잠시 문 앞에서 고민하던 미로슬라브가 건에게로 몸을 돌리며 말했다.

"오늘은 직접 들어가시죠."

한 번도 그레고리의 서재 문을 직접 열어 본 적이 없던 건이 잠시 의문스러운 눈을 하였지만 이내 고개를 끄덕이며 문에 노크를 했다.

똑똑.

"들어와."

문을 연 건의 눈에 창가에 기대서서 시가를 물고 팔짱을 끼고 있는 그레고리의 옆모습이 들어왔다.

뭔가 쓸쓸하고 외로워 보이는 그의 처음 보는 모습에 살짝 놀란 건이 걸음을 멈추고 서 있자 시가를 문 채 고개를 돌린 그레고리가 입에서 시가를 빼며 다가왔다.

"오, 퇴원했다는 소식은 들었네. 자자, 서 있지 말고 이리와 앉지."

건이 그레고리를 만날 때면 항상 앉았던 일인용 소파에 익숙한 듯 앉았다.

"키스카는요?"

그레고리가 쓴웃음을 지으며 창밖을 가리켰다.

"별채에서 자네를 기다리고 있겠지."

"아…… 하하, 그렇군요."

그레고리의 표정이 심상치 않음을 느낀 건이 조심스럽게 물었다.

"저…… 그런데 무슨 일 있으세요?"

그레고리의 입에 다시 쓴웃음이 매달렸다. 팔짱을 낀 채 잠시 고민하던 그레고리가 한참 만에 입을 열었다.

"잠시 이곳 일을 미로슬라브에게 맡기고 고향에 좀 다녀오겠네."

"네? 아, 휴가라도 가시게요?"

"음, 뭐 그렇다고 볼 수 있지."

"고향이라면 러시아인가요?"

"아니, 조지아라네."

"조지아라면…… 그 터키 위의 작은 나라 말씀이시지요?"

"그렇지, 소비에트 연방이 해체되고 나서 독립을 했지."

"아…… 소비에트 연방…… 그레고리가 태어나셨을 때 그곳은 그런 이름으로 불렸었지요."

"그래, 와인이라는 술이 탄생한 곳이기도 하고 스탈린의 고향이기도 하지."

"와인이 거기서 제일 먼저 생겨났어요? 전 프랑스인 줄 알았는데."

"후후, 그렇게 생각하는 사람이 많더군."

"키스카는요?"

건의 마지막 질문에 잠시 멈칫한 그레고리가 한숨을 내쉰 후 건을 똑바로 보았다.

"데려갈 거네."

건이 그러냐는 듯 고개를 끄덕이며 말했다.

"어차피 저도 곧 영국으로 가야 할 것 같아요. 공연이 있거든요. 고작 일주일이긴 하지만요, 키스카가 휴가를 다녀오기 전에는 돌아올게요. 언제 오세요?"

그레고리의 표정이 굳어졌다.

건이 아무렇지 않은 표정으로 질문을 던졌다가 굳어지는 그레고리의 표정을 보며 조심스럽게 물었다.

"오래…… 다녀오시나요?"

그레고리가 잠시 건을 보다가 팔짱을 끼고 창밖을 보았다.

"돌아오지 않을지도 모르지."

별채로 돌아온 건이 별채의 창 안으로 병준과 키스카가 놀고 있는 모습을 본 후 문 앞에서 잠시 생각에 잠겼다.

발걸음이 떨어지지 않았는지 문 앞에서 발로 바닥을 비비고 있던 건이 몸을 돌려 정원에 있는 하얀 그네로 가 앉았다. 그네 위에서 바닥에 시선을 떨구고 있던 건의 머릿속으로 방금 그레고리와의 대화가 떠올랐다.

♪♫

"무슨 말이에요, 돌아오지 않는다니요?"

그때까지 건은 그레고리가 짓궂은 농담을 하고 있다고 생각했다. 하지만 그의 진중한 표정을 본 건이 자세를 고쳐 앉으며 물었다.

"말해봐요, 그레고리. 무슨 일 있었어요?"

그레고리가 창가에 기댄 몸을 떼 건에게 다가왔다. 잠시 소파에 앉아 자신을 올려다보고 있는 건을 내려 본 그레고리가 고개를 숙이며 말했다.

"나는 말이야, 조지아에서 말 목축을 하던 아버지 밑에서 태어났어. 그 당시 우리 마을은 무척 평온했지만 꿈 많은 소년이 할 수 있는 일의 한계가 명확한 곳이기도 했지. 그저 아버지의 뒤를 따라 말을 키우는 일을 하거나, 혹은 농사를 짓는 일이 내가 할 수 있는 일의 전부였으니까."

그레고리가 테이블 위에서 시가 하나를 들었다.

"열다섯 살 때였어. 라디오에서 보로네슈에서 대대적으로 자동차 공장에서 일할 인부를 구한다는 뉴스를 들었지. 당시 우리 마을에는 자동차라는 것이 없었어, 워낙 시골이었거든. 하지만 간간이 지나가는 자동차를 구경한 적은 있었지. 무척 신기했었어, 나는 자동차 공장에서 일할 수 있을 것이란 막연한 꿈을 안고 부모님 몰래 집을 나왔네."

그레고리가 시가를 입에 물고 라이터를 들었다.

"아마도 나의 부모님은 나를 많이 찾았을 거야. 하지만 나는 한 번도 고향에 돌아가지 않았네. 아버지가 돌아가셨다는 소식을 들었을 때도 가지 않았지. 물론 어머니께 생활비를 보내드리고 있기는 하지만 말이야."

그레고리가 시가에 불을 붙였다. 잠시 뻐끔거리며 연기를 내뿜던 그레고리가 굵은 연기를 내뱉었다.

"그냥 걸었네. 지도를 보고 밤을 새워 길을 걷기도 했고, 지나가는 짐 마차를 얻어 타기도 했지. 생전 처음 타 보는 기차

역에 도착하는 데만 일주일이 걸렸지. 집을 나오며 훔친 돈으로 열차를 타고 보로네슈로 갔어. 하지만 어린 나를 써주는 곳은 없었네. 고작 열다섯이었으니까. 시골 마을에 처박혀 세상 돌아가는 것을 몰랐던 나는 그 당시 소비에트 연방이 얼마나 경제적 침체를 겪고 있었는지 몰랐거든."

입에서 시가를 뗀 빙글빙글 돌린 그레고리가 다시 말을 이었다.

"돈도 없고 일자리도 없던 내가 할 수 있는 일은 몇 안 되었지. 하지만 악착같이 살아야 했기에 돈이 되는 일이라면 닥치는 대로 했어, 그 일이 나쁜 일이라도 말이야. 우선은 살아야 했거든. 뒷골목 일을 하다 보니 남에게 우습게 보이는 순간 끝이란 것을 알게 되었고, 나는 점점 누구보다 잔혹하고 냉정한 사람이 되었다네."

진지한 표정으로 자신의 말을 듣고 있는 건을 본 그레고리가 다시 소파로 다가왔다.

"짐작하고 있겠지만 나는 이날까지 험한 길을 걸어 왔네. 내 손으로 직접 죽인 녀석들의 수가 백 명이 넘으니까 말이야. 후후."

그레고리가 자신의 손을 펴 내려다보며 자조적인 웃음을 지었다. 손바닥을 뒤집어 자신을 손을 살펴보던 그레고리가 주먹을 쥐었다.

"나는 인생에서 딱 한 번, 내가 이 길을 걷고 있다는 것을 후회한 적이 있었네. 그 외에는 길거리에서 거렁뱅이 짓을 하던 꼬마가 레드 마피아 중 천연가스 마피아의 보스가 되었다는 것에 항상 자부심을 가져왔었지."

건이 짐작한다는 듯 고개를 끄덕였다.

"키스카의 어머님이 돌아가신 날이었겠군요."

그레고리가 힘없이 웃으며 고개를 끄덕였다.

"그래, 그랬지. 그녀가 죽고 그녀를 그렇게 만든 놈들을 하나씩 찾아내 고통스럽게 죽였어. 하지만 나는 그녀를 잃은 허무함을 벗어낼 수 없더군. 하루하루 술 없이는 살 수 없는 날들이 지나갔어. 일 년이 넘는 시간 동안 매일 술을 끼고 살았어. 그러던 어느 날 혼자 쪼그리고 앉아 그림을 그리며 놀고 있는 내 딸, 키스카가 눈에 들어오더군."

그레고리가 다시 시가를 입에 물고 깊게 연기를 들이마셨다.

"그 날, 그 날부터 부인 대신 내 딸아이에게 모든 것을 주고 살겠다고 맹세했어. 그래서 키스카가 원하는 것은 무엇이든 해주려 했지만, 아이는 내게 어떤 것도 요구하지 않았고 그저 무심한 침묵으로 나를 대했지. 아이가 나아질까 싶어 갖은 행동을 했지만, 차도가 없었고, 얼마 후 케이 자네를 만나게 된 것이야."

그레고리가 건의 어깨에 손을 올리고 미소를 지었다.

"이제 키스카는 의사 표현을 할 수 있게 되었고, 자주 웃거나 울기도 하지. 자네를 만나기 전과는 다른 모습이야, 키스카의 증세가 나아진 것에 대해서는 자네에게 깊게 감사하고 있네."

"아니에요, 그레고리. 별로 한 것도 없어요."

그레고리가 웃으며 건의 어깨를 툭툭 쳤다.

"자네가 부인해도 사실은 사실이지."

그레고리가 건의 어깨를 치며 다시 멀어지자 건이 그의 손목을 잡았다.

"돌아오지 않을지도 모른다는 말…… 무슨 뜻이에요?"

그레고리가 자신의 손목을 잡은 건의 손을 내려다보다가 다시 고개를 돌렸다. 자연스럽게 걸음을 옮기는 그레고리 덕에 손목을 놓친 건이 그의 뒷모습을 보았다. 언제나 당당해 보였던 그의 어깨가 왠지 축 늘어져 보였다.

창가로 간 그레고리가 불이 켜진 별채를 내려다보았다.

"얼마 전에 두 번째로 후회하게 되었거든, 내 직업 말이야."

건이 안타까운 눈으로 그레고리를 보았다.

"키스카의 아빠임이 밝혀지면 안 된다는 것…… 그것 때문인가요?"

"후후, 그래 그것이지. 벌써 아이의 미래에 걸림돌이 되고 있으니까 말이야. 키스카는 이미 유명해졌어, 그런데 나는 그의 아비라는 것을 밝히면 안 되는 위치이지. 그 기분 알까? 의사에게 입원한 딸을 잘 부탁한다는 인사도 건네지 못하는 아비의 심정 말이야."

건이 눈가를 떨었다. 그레고리의 마음을 모두 이해할 수는 없겠지만, 그의 가슴 아픈 마음이 전해졌기 때문이었다.

건의 슬픈 표정을 본 그레고리가 미소를 지었다.

"아, 혹시나 오해는 하지 말게. 내가 아이의 아비로서 존재하기 위해 딸의 앞날을 막으려고 떠나는 것은 아니니까 말이야."

"그런 생각은 처음부터 안 했어요, 그런데 왜 그토록 오래 떠나신다는 건가요?"

그레고리가 책상 서랍을 열어 먼지가 묻은 액자 하나를 꺼내 후후 불었다.

"후후, 나에게도 어머니가 있다네. 볼 텐가?"

그레고리가 내민 액자에는 고생을 하며 살아온 듯 얼굴이 쪼글쪼글한 시골 아주머니 한 분이 환하게 웃고 있었다.

아주 오래된 액자에 남은 먼지를 털어낸 그레고리가 사진에서 눈을 떼지 못하며 말했다.

"이 사진은 내게 있는 단 한 장의 어머니 사진이야. 열다섯 이후로 보지 못했거든."

그레고리가 책상 위에 액자를 세워놓은 후 말했다.

"자식이 자식 된 도리를 다하지 않고, 또 그 후대의 자식에게 부모의 대접을 바라는 건 잘못된 것이라는 생각이 들었네. 그래서 가는 거야. 어머니에게 손녀도 보여 드리고, 이제 얼마 남지 않은 생을 함께해 드리려는 것일세."

"아…… 그렇군요."

그레고리가 자리에서 일어나며 웃었다.

"키스카에게는 잠깐 할머니를 보러 여행을 간다고만 말할 생각이네, 자네도 그리 말해주겠나?"

건이 잠시 창밖을 바라보다가 고개를 끄덕였다.

"알겠습니다."

"아, 우리가 없더라도 계속 여기서 지내게, 미로슬라브에게 말해둘 테니 말이야. 경호도 예전과 같이 받을 수 있을 게야."

"네…… 그건 생각해 보고 다시 말씀드릴게요."

"그래, 퇴원한 날인데 너무 무거운 주제로 이야기를 했군그래. 어서 가서 쉬게, 키스카도 자네를 기다리고 있을 테니 말이야."

건이 자리에서 일어나 방을 나서려다 문득 뒤를 보았다.

"당신이 그런 결정을 하게 된 배경에 혹시 제 노래가 있었나요?"

건을 빤히 보던 그레고리가 복잡한 눈빛을 하다가 이내 실소를 지으며 고개를 저었다.

"아니야."

♪♪♩

그네에 앉아 그레고리와의 대화를 떠올려 본 건이 병준과 재미있는 장난을 치고 있는지 까르르 웃는 키스카의 웃음소리를 듣고 한숨을 쉬었다.

'어쩌면 다시 볼 수 없을지도 모른다는 건가?'

무엇 때문인지 다리가 후들거렸다. 그네에서 일어나 이제 얼마 후면 영영 볼 수 없게 될지도 모르는 키스카와 일 분이라도 더 있고 싶었지만, 다리가 움직이지 않았다.

일어나기 위해 용을 쓰던 건이 잠시 더 그네에 앉아 있다가 한참 만에 몸을 일으켜 별채 문을 열자 소파에 누워 있는 병준의 배 위에 앉아 발로 병준의 얼굴을 밀어내며 웃고 있던 키스카가 꺅꺅 소리를 내며 뛰어 왔다. 행복한 표정으로 건의 다리를 꼭 안은 키스카를 내려다보던 건의 눈이 슬퍼졌다.

자신의 다리를 붙잡은 키스카가 고개를 들며 눈을 마주쳐 오자 황급히 시선을 피한 건이 키스카를 보지 않고 말했다.

"키스카, 잘 놀고 있었어?"

다리를 붙잡은 소녀가 고개를 끄덕이는 것이 느껴졌지만, 차마 소녀와 눈을 마주칠 자신이 생기지 않은 건이 코트를 벗으며 말했다.

"그랬어, 나 금방 씻고 올게."

건이 다리에 힘을 주고 걸음을 내딛자 붙잡고 있던 다리를 놓친 키스카가 큰 눈망울로 멀어지고 있는 건의 뒷모습을 보았다.

화장실로 들어가는 건을 따라 걷던 키스카가 닫혀 버린 화장실 문 앞에서 고개를 숙였다. 그 모습을 보고 있던 병준이 인상을 쓰며 달려와 키스카를 안아 든 후 닫힌 화장실 문을 향해 소리쳤다.

"이놈의 자식이! 키스카가 종일 너만 기다렸는데 한번 안아 주고 갈 것이지!"

키스카의 실망한 표정을 본 병준이 뭐라고 욕을 더 쏘아붙이려다가 건이 오늘 퇴원했다는 사실을 떠올리고 키스카의 등을 두드려 주며 소파로 가 앉았다.

"케이가 오늘 퇴원해서 그래, 많이 아팠잖아. 우리 키스카가 이해 좀 해줘, 알았지?"

병준과 함께 소파에 앉았지만, 등받이에 거꾸로 기대 닫힌 화장실 문만 바라보던 키스카의 눈에 화장실 문이 열리며 나온 건의 환한 미소가 보였다.

건이 웃으며 양팔을 펼치며 한쪽 무릎을 굽혔다.

"아! 세수하니까 살 것 같다! 키스카 이리와! 나랑 놀자!"

얼굴이 확 밝아진 키스카가 병준의 얼굴을 발로 차며 소파에서 뛰어내렸다.

"억!"

병준이 나자빠지건 말건 신경도 쓰지 않은 키스카가 달려가 건에게 안기며 방긋 웃었다.

"웃차! 우리 키스카! 저녁 먹었어?"

건이 웃으며 소녀와 눈을 마주쳤다.

웃으며 건의 얼굴을 바라보던 키스카가 의아한 표정을 지었다. 고사리 같은 손을 들어 건의 볼을 만져본 키스카가 열려 있는 화장실을 힐끔 보았다.

건이 고개를 돌려 키스카가 보고 있는 화장실을 본 후 고개를 갸웃하며 물었다.

"왜? 화장실 가고 싶어?"

아무 말 없이 화장실을 보던 키스카가 다시 건의 얼굴을 보았다. 키스카의 입이 오물거리는 순간 얼굴을 부여잡고 다가온 병준이 인상을 쓰며 말했다.

"키스카! 너 그래도 쟤 없을 때 내가 종일 놀아줬는데 얼굴 차고 가는 건 너무했잖아. 우씨, 어라? 건아 너 얼굴이 왜 그래?"

건이 키스카를 안은 채 눈을 동그랗게 떴다. 자신의 얼굴을 매만진 건이 물었다.

"왜요, 뭐 묻었어요? 세수하고 나왔는데."

병준이 건의 볼에 솥뚜껑 같은 손을 올리며 심각한 표정을 했다.

"너 진짜 병원으로 돌아가야 하는 거 아니야? 너 화장실에서 울었지? 눈 퉁퉁 부은 거 봐. 많이 아프냐? 지금이라도 다시 병원 갈까?"

건이 당황스러운 표정으로 병준의 손을 피했다.

"우, 울기는 누가 울어요? 세수한 거라니까요."

병준이 계속 손을 뻗으며 이리저리 피하고 있는 건의 얼굴을 잡으려 했다.

"거짓말하지 마, 사내놈이 안 아프다고 하는 건 아프다는 뜻이야. 빨리 말해, 아프면 병원에 가야지 이 무식한 화상아. 공연이 코앞이라도 아프면 쉬어야지, 길게 봐야 할 것 아냐?"

건이 키스카를 안은 채 병준의 손을 피하며 도망 다녔다.

"아, 진짜! 아니에요, 진짜 안 아프다니까요!"

"얼래? 그런데 왜 자꾸 도망가? 이리 와보라니까 그러네?"

"아, 만지지 마요!"

건이 소파를 넘어 도망 다니자 건의 품에 안겨 있던 키스카가 재미있었는지 까르르 웃었다. 건을 쫓아다니던 병준이 키스카의 웃음을 보고는 소파에 털썩 주저앉았다.

아직 경계를 늦추지 않고 엉거주춤 서서 자신을 노려보고 있던 건이 금방이라도 도망갈 수 있는 포즈를 취하고 있는 것을 본 병준이 웃음을 터뜨리며 말했다.

"알았어, 믿어줄 테니까 그만해."

건이 눈썹을 꿈틀대며 인상을 썼다.

"지난번에도 그렇게 말하고 코브라 트위스트 걸었잖아요."

병준이 소파의 쿠션을 들어 던지며 말했다.

"안 한다니까! 이리 와!"

건이 날아온 쿠션을 손으로 쳐 내며 병준을 노려보았다.

"그런데 왜 자꾸 오라고 해요? 여기서 말하면 되잖아요."

병준이 손을 들어 대치하고 있는 건과 자신의 사이를 가리켰다.

"이러고 말하자고?"

건이 자세를 풀고 머뭇거리며 소파로 다가와 가장자리에 엉덩이를 붙이고 키스카를 병준과 자신 사이에 두었다.

언제라도 도망갈 모양새의 건을 본 병준이 실소를 지으며 물었다.

"편곡 작업은 언제부터 할 거야? 무리하지 말고."

화제가 바뀌자 조금 안심한 건이 소파의 등받이에 등을 대며 말했다.

"무리는 안 하겠지만, 시간이 없어요. 공연까지 12일밖에 안 남았잖아요. 이동하고 호텔 잡는데 이틀은 소요될 테니까 열흘 정도 안에 연습까지 다 끝내야죠."

"몬타나 정도 되는데 하루만 연습하면 되지 않을까?"

건이 입술을 내밀며 말했다.

"Fury의 원곡 녹음까지 연습 시간만 나흘이었어요. 두 번째 고 편곡 버전이긴 하지만 완전히 몸에 익으려면 삼 일은 걸릴 거예요. 물론 카를로스 혼자라면 반나절이면 되겠지만요."

"음, 케빈과 드러머…… 드러머 이름이 뭐더라?"

"호세요."

"그래, 호세. 그 둘이 문제라는 거군."

"문제까진 아니고 단지 시간이 좀 더 필요한 것뿐이죠."

"그래, 네가 보기에 케빈은 어때?"

"뭐가 어때요?"

"실력 말이야, 실력."

"실력이 없는 애를 왜 몬타나에 소개해 줘요? 그리고 설사 제가 그랬다 해도 카를로스가 친분으로 실력도 없는 사람을 밴드에 쓸 사람으로 보여요?"

"음…… 하긴, 카를로스 선생님이 음악적으로는 까다롭긴 하시지. 평소에는 그저 마음씨 좋은 할아버지 같은데 음악 이 야기만 나오면 눈빛부터 변하더라. 세계적인 뮤지션은 다 이유 가 있는 거야."

"맞아요, 하여튼 케빈 실력은 의심하지 않아도 좋아요, 사실 지금 실력보다 발전 가능성 쪽이 더 크지만요."

병준이 눈썹을 꿈틀거리며 물었다.

"호오? 발전 가능성이 더 크다?"

"네, '그루브하다'라는 말 들어본 적 있죠?"

"어…… 뭐 리드미컬하다 정도로 알고 있어."

"비슷해요. 원래 groove라는 것은 LP판에 바늘이 걸리며 소리를 내게 하는 홈을 뜻하는 단어예요. 즉, 턴테이블의 카트리지가 LP판을 지나가면서 소리를 증폭시키는 오디오의 원리에서 카트리지라는 핀이 지나는 홈을 말하죠."

병준이 인상을 쓰며 말했다.

"젠장, 그냥 리듬 타는 것인 줄 알았는데 그것도 더럽게 복잡하구나."

건이 미소를 지으며 고개를 저었다.

"리듬 타는 것이 맞아요. LP에는 총 다섯 개의 groove가 있어요. 첫 번째로 리드인(Lead-In)이라는 그루브는 카트리지가 진입하는 음반의 시작 구간에 해당하죠."

무슨 말인지 이해를 할 수 없는 병준이 키스카에게 손가락을 내밀며 장난을 걸었지만 아랑곳하지 않고 이 설명을 이었다.

"두 번째는 모듈레이티드(Modulated)예요. 실제 녹음되어 있는 음이 재생되는 부분이죠. 세 번째는 리드오버(Lead-Over)고, 곡간의 트랙을 구분 짓는 곡이 끝나는 부분이에요. 네 번째는 리드아웃(Lead-Out)이라고 하고, LP 레코드 음반의 한 면의 재생이 끝나는 구간이죠. 마지막은 피니싱(Finishing) 그루브라고 불려요, 음반의 마무리를 알리는 구간이죠."

키스카의 입술을 손가락으로 쿡쿡 찌르며 놀고 있는 병준을 보며 웃은 건이 말을 이었다.

"하나의 LP가 소리를 내려면 다섯 개의 그루브가 박자에 잘 맞게 카트리지를 지나야 해요. 그래서 '리듬을 탄다', 혹은 '리드미컬하다'라는 말을 '그루브를 탄다', '그루브하다'라고 말하는 거예요."

병준이 귀를 후비며 인상을 썼다.

"그래, 어쨌든 결론은 리드미컬하다 이거 아냐? 이제 끝! 끝! 이 설명충아!"

"하하, 더 설명해 줄까요?"

병준이 귀를 막고 소파에 자빠졌다.

"아아아아아아아! 안 들어, 안 들어!"

건이 병준의 위에 올라타 그의 귀에 소리를 질렀다.

"그루브라는 말의 기원은!"

"으아아아! 아에에에에에에에! 아무것도 안 들린다아~"

손가락으로 귀를 마구 후비며 소리를 질러대는 병준을 본 건이 웃음을 터트렸다.

"하하, 나도 공격 수단이 하나 생겼다."

두 사람의 모습이 바보 같았는지 키스카가 배를 잡고 웃었다. 키스카의 웃음을 본 건이 잠시 눈가를 파르르 떨었지만, 티를 내지 않으려 병준에게로 고개를 돌렸다.

귀를 막고 있던 병준이 일어나며 물었다.

"무슨 이야기 하다가 이 이야기를 했더라? 아, 그래서 케빈이 그루브감이 있다 이거야?"

건이 다시 눈물이 나오려는 것을 꾹 참으며 병준에게 시선을 고정했다.

"네, 그루브는 태생적으로 타고나야 한다는 말이 있을 만큼 후천적으로 키워내기 힘든 감각이에요. 케빈은 그 부분이 탁월하죠. 만약 지금보다 좀 더 높은 테크닉까지 갖추어진다면 제2의 빌리 시언도 꿈은 아닐 거예요."

병준이 몸을 일으켜 세우며 심각한 표정을 지었다.

"빌리 시언? 그건 또 누군데?"

건이 한숨을 쉰 후 병준의 귀를 잡고 입을 가까이 댔다.

"빌리 시언. 록 베이스 역사의 살아 있는 괴물. 전설의 밴드 미스터 빅의 베이시스트였고, 지금은 와이너리 독스의 베이시스트. 스티브 바이의 세션맨으로도 활동했던 그는 역사상 가장 뛰어난······."

"끄아아악! 이 설명충이 또 병이 도졌다! 저리 가!"

병준이 건의 얼굴을 밀어내자 그의 귀를 꽉 잡고 다시 당긴 건이 소리쳤다.

"1953년생! 우리 아버지 나이보다 많은데 아직도 현역으로 활동하는 전설의 베이시스트!"

병준이 귀가 아픈지 인상을 쓰며 소리를 고래고래 질렀다.

"야 이 자식아! 나 고막 나간드아아아아!"

"으헤헤헤! 나한테 앞으로 기술 걸 거예요, 안 걸 거예요?"

"안 해! 안 걸어! 놔봐!"

"으헤헤헤, 싫은데요."

병준이 손을 마구 휘두르며 소리를 질러대자 키스카가 더 큰 소리로 웃으며 소파를 굴러다녔다.

겨우 건의 손아귀에서 벗어난 병준이 빨갛게 부어오른 귀를 비벼대며 인상을 쓰다가 시계를 보며 말했다.

"에이씨, 귀 잡아당겨서 아픈 거보다 설명충이 귀에 들어간 것 같아 더 아프네. 이제 자라, 오늘 퇴원했는데 일찍 자야지. 내일 몇 시에 나가?"

"열 시쯤 가려고요."

"그래, 키스카 재워줄 거야?"

"네, 그래야죠."

"알았어, 그럼 자라. 난 담배나 피우고 자야겠다."

"네, 키스카 가자."

안아 달라는 듯 소파에 앉아 양팔을 내미는 키스카를 안아

든 건이 방으로 들어가 키스카가 잠들 때까지 동화책을 읽어주었다. 건은 그날따라 아주 오랜 시간 동안 키스카의 옆을 지켰다.

늦은 밤.

모두가 잠든 시각에 혼자 침대에서 잠이 들었던 키스카의 눈이 떠졌다. 가만히 어두운 천장을 바라보며 눈을 깜빡이던 키스카가 부스스한 눈으로 상체를 일으켰다.

아까부터 이상하게 신경을 건드리는 알 수 없는 불안감 때문이었을까?

소녀가 침대에서 기어 내려와 살금살금 건의 방으로 갔다. 살짝 열려 있는 문틈으로 스탠드의 노란 불빛이 흘러나오는 것을 본 소녀가 장난스러운 표정을 지으며 발뒤꿈치를 들고 살금살금 열린 문 사이로 얼굴을 들이밀었다.

침대에 쪼그리고 앉아 무릎에 얼굴을 묻고 있는 건의 모습이 보이자 키스카의 얼굴에 장난스러움이 맴돌았다.

문을 활짝 열며 건을 놀래 주려던 키스카의 귀로 흐느낌소리가 들리자 소녀가 움직임을 멈추고 문틈으로 건을 보았다. 쪼그리고 앉은 건의 등이 들썩거렸다.

건의 우는 모습을 본 키스카의 눈동자가 크게 흔들리고 심장이 미친 듯이 두근대기 시작했다. 자기도 모르게 한 손을 왼

쪽 가슴에 올린 키스카가 문을 활짝 열어젖히자 울고 있던 건이 놀라며 고개를 들었다.

열린 문 앞에서 놀란 표정을 짓고 있는 키스카를 본 건이 황급히 고개를 돌려 옷에 얼굴을 닦은 후 어색하게 웃으며 말했다.

"키, 키스카. 안 잤어?"

키스카가 불안한 표정을 지으며 다가와 침대 위로 기어 올라왔다. 건의 배 위에 앉아 그의 얼굴을 빤히 보던 키스카가 눈동자를 쉴새 없이 움직이는 것을 본 건이 소녀의 이마를 만져주며 웃었다.

"우리 오늘은 같이 잘까?"

대답 없이 자신을 보고 있는 소녀를 끌어안은 건이 이불 안으로 들어가 소녀를 꼭 안아주었다. 숨을 죽여 울음을 참고 있는 건과 그의 가슴에 귀를 대고 있는 키스카가 밤늦은 시간까지 잠을 이루지 못했다.

다음 날.

음악 작업을 하기 위해 작업실에 갈 때에는 항상 키스카를 혼자 두고 몰래 집을 나섰던 건이 아침부터 유모에게 부탁해 키스카를 씻겼다. 오늘은 종일 연습실에 같이 있자는 건의 말에 신이 난 키스카가 열심히 양치질하고 예쁜 옷을 입은 후 건을 따라 학교로 갔다.

편곡 작업 중에는 녹음 부스에 들어가 집중을 해야 한다던 건은 그날따라 한시도 키스카의 곁에서 떨어지지 않았다.

수고한다며 도시락을 싸 들고 작업실을 찾아온 시즈카가 왔을 때도 시종일관 자신의 옆에 앉아 반찬을 하나씩 입에 집어 넣어주는 건이 마냥 좋았던 키스카는 무척 행복해했다.

소녀의 행복한 웃음을 본 건이 아픈 미소를 지었다.

'헤어지는 날까지 최선을 다해, 후회 없이.'

건과 키스카를 살피던 시즈카가 어색한 웃음을 흘리며 돌아가고 카를로스와 케빈이 작업실을 찾았다.

녹음 부스가 아닌 컨트롤 박스가 있는 사무실에서 키스카와 나란히 앉아 악보를 수정하고 있는 건을 본 케빈이 말했다.

"여어, 케이. 우리 왔어."

건이 고개를 들고 자리에서 일어나며 먼저 카를로스에게 인사를 건넸다.

"카를로스 오셨어요? 케빈도 왔구나. 아직 편곡 안 끝나서 할 일도 없는데 뭐하러 벌써 왔어?"

케빈이 항상 자신을 째려보는 키스카의 눈치를 보았지만, 오늘따라 유난히 기분이 좋은 키스카는 케빈과 눈을 마주쳐도 그저 방긋 웃고 있었다.

소녀의 웃음이 노려보는 것보다 더 무서워진 케빈이 화들짝 놀라며 물러섰다.

"어! 어, 어. 그, 그냥 작업 잘 되나 궁금해서 와봤어."

카를로스가 고개를 빼 건이 작성하고 있는 악보를 보다가 눈을 크게 떴다.

"뭐야? 가사도 고치는 거야?"

건이 카를로스가 보고 있는 악보를 끌어당겨 자신의 옆에 놓은 후 계면쩍게 웃었다.

"아직 미완성이에요. 가사는 나중에 보여 드릴게요."

케빈이 건의 옆에 바싹 다가가 앉으며 궁금한 눈으로 악보를 집어 들려고 하자 재빨리 악보를 잡아 뒤로 숨긴 건이 단호한 표정으로 고개를 저었다.

"아직 안 돼. 완성 단계가 아니야."

"알았으니까, 잠깐만 보여달라고."

"안 돼."

"왜!"

"미완성인 결과물을 보여주고 싶은 사람이 어디 있어?"

"아! 그래도 우리 곡인데 중간 결과 정도는 볼 자격 있잖아!"

"응, 중간 결과 정도가 되면 보여줄게."

"이씨!"

케빈이 건의 손에서 악보를 빼앗는 것을 포기하자 그를 보고 있던 카를로스가 코트 주머니에 손을 넣으며 말했다.

"그럼…… 아직은 우리가 할 일이 없는 건가?"

"네, 없어요. 내일 오후쯤에는 연습 들어갈 수 있도록 작업해 둘게요."

"음, 알았어. 그럼 내일 다시 오지. 케빈 가자."

케빈이 카를로스를 빤히 보다가 건이 숨긴 악보를 힐끔 보며 말했다.

"저는 그냥 여기 있으면 안 돼요?"

카를로스가 케빈의 팔을 잡아끌어 일으켜 세웠다.

"안 돼, 이놈아. 괜히 옆에서 방해하지 말고 나가자."

"으어어, 궁금해서 미치겠다!"

"됐고, 집에 가서 연습이나 더 해."

케빈이 카를로스의 손에 끌려나가자 키스카와 눈을 맞추며 웃어준 건이 그들이 나간 지 일 분도 안 지나 집중력을 발휘하기 시작했다. 건의 펜 끝에서 악보로 옮겨진 음표들은 모두 테두리가 그려져 있었다.

'확실히 익혔다. 마음의 물감으로 음표를 그리는 법.'

건이 그리고 있는 악보에는 빨간색 음표에 녹색 테두리가 그려져 있었다. 한 페이지 정도의 분량을 모두 작성한 건이 악보를 들어 조명에 비춰 보았다.

'분노, 증오를 나타내는 붉은색과 감정의 해소를 나타내는

녹색 테두리. 이것이 분노의 건강한 표출을 하게 만들 내 두 번째 Fury야.'

조명에 비춰 보던 악보를 치우니 악보 뒤에서 생글생글 웃으며 양손으로 턱을 괴고 있는 키스카가 보였다. 건의 눈이 순간 슬퍼졌지만 키스카가 눈치채기 전에 재빨리 신색을 회복한 건이 소녀의 머리를 쓰다듬어 준 후 벽시계를 보았다.

"배 안 고파?"

키스카가 턱에 괸 손을 테이블에 내리며 크게 고개를 끄덕이고 웃는 것을 본 건이 펜과 악보를 테이블 위에 올린 후 코트를 입었다.

"뭐 좀 먹자. 학교 식당 괜찮지?"

배가 고팠었는지 의자에서 폴짝 뛰어내린 키스카가 소파에 벗어둔 분홍색 코트를 입었다. 팔을 잘못 꼈는지 낑낑대는 키스카의 옷을 바로 입혀준 건이 소녀의 손을 잡고 식당으로 향했다.

방학이라 사람이 많지 않았지만 거대한 줄리어드의 식당에는 백여 명의 학생들이 식사를 하고 있었다. 건과 키스카가 식사를 하기 위해 손을 잡고 스쳐 가자 모든 학생의 시선이 집중되었다. 학교 안은 비교적 안전했기에 별 신경을 쓰지 않은 건이 무릎을 굽히고 키스카의 눈높이에서 함께 메뉴판을 올려다보았다.

"뭐 먹을래? 오늘 메뉴는 세 가지네. 스파게티도 있고, 커틀 릿도 있어. 어, 저기 라면도 있네? 아…… 일본 라멘이구나, 아 쉽네. 키스카 뭐 먹을까?"

키스카가 조그만 손을 들어 스파게티를 가리키자 건이 일어 나 같은 메뉴로 두 개를 주문했다.

학교 식당답게 바로 나온 음식을 쟁반에 든 건이 앉을 자리 를 찾기 위해 식당 쪽으로 고개를 돌렸다가 그대로 굳었다. 식 당에 있는 백여 명의 학생들이 모두 입을 닫고 자신과 키스카 를 바라보고 있었기 때문이다.

어색하게 웃은 건이 쟁반을 살짝 들어 보였다.

밥을 먹으러 왔으니 소란 피우지 말아 달라는 뜻의 제스처 였지만 눈치 없는 몇 명의 여학생들이 다가와 말이라도 한번 걸어보려는 것을 본 건이 재빨리 키스카와 함께 식당의 가장 구석 자리로 걸음을 옮겼다. 하얀 테이블 위에 쟁반을 올리고 키스카를 의자에 앉힌 건이 자신에게 다가오는 여학생들 쪽으 로 몸을 돌렸다.

호기심 가득한 눈으로 다가오던 여학생들은 오히려 건 쪽에 서 자신들을 바라보자 흠칫 놀라며 그 자리에 멈춰 섰다. 건 이 한 걸음 앞으로 나오며 말했다.

"미안해요. 키스카와 함께 있어 방해받고 싶지 않아서 그런 데, 사인이나 사진을 원하시는 것이라면 빨리 찍어드리고 식사를 하고 싶네요."

몇 마디 말이라도 걸어보고자 다가왔던 여학생들은 사진이
나 사인을 남겨준다는 건의 말에 만족했는지 빠르게 사진 몇
장을 찍고 고맙다는 말과 함께 멀어졌다.

식당 안을 둘러보며 올 거면 차라리 빨리 오라는 눈빛을 보
내던 건이 그저 멀리서 자신을 바라보고만 있는 학생들을 지
켜보다가 의자를 빼고 자리에 앉았다.

배가 고팠지만, 건이 자리에 앉기를 기다렸는지 양손에 스
푼과 포크를 쥐고 주먹으로 테이블을 콩콩 찍고 있던 키스카
가 웃음을 지었다.

쟁반에 올려진 스파게티 중 크림 스파게티를 키스카 쪽에
놓아주고 토마토 스파게티를 자신 앞에 둔 건이 키스카의 앞
머리를 쓸어 올려주며 웃었다.

"먹자."

배가 많이 고팠었는지 스파게티 그릇에 얼굴을 묻을 기세
로 면발을 빨아들이고 있는 키스카가 입가에 크림을 잔뜩 묻
히자 건이 티슈를 뽑아 소녀의 입가를 닦아주었다.

"배 많이 고팠구나? 많이 먹어, 키스카."

건이 입가를 닦아주는 것이 좋았던지 정신없이 스파게티를
먹다가도 중간에 입을 닦아달라는 듯 고개를 내미는 키스카
를 바라보는 건의 눈이 시시각각 바뀌었다.

키스카가 그릇에 시선을 줄 때는 슬픈 눈을 하다가, 자신을 바라볼 때는 활짝 웃어주는 걸을 지켜보던 다른 학생들이 수 군댔다.

"케이…… 분위기 좀 이상하지 않아?"

"응, 난 자주 봤는데 항상 둘이 웃으면서 손잡고 다녔지. 오늘도 그렇긴 한데…… 뭔가 케이 쪽 표정이 이상하다. 맨날 귀여워 죽겠다는 표정으로 꼬마를 봤었는데 말이야."

"어, 저기 봐봐. 꼬마가 고개를 숙이면 울기 직전의 표정으로 변해."

"연기 연습이라도 하는 건가?"

"음악 하는 사람이 무슨 연기야?"

"왜? 음악 하는 애들도 드라마, 영화 다 하잖아.

"그건 인기 없는 애들이거나, 그쪽으로 관심 있어서 하는 거 겠지. 케이는 그런 거 안 할걸? 굳이 할 필요도 없잖아."

"하긴 그건 그러네."

"지금! 지금 봐봐."

"어 진짜 그러네. 꼬마 입 닦아줄 때만 웃는구나."

"뭔가 좀 슬퍼 보이지 않아? 저 모습. 왠지 모르지만, 가슴이 좀 아픈 것 같아."

"얼씨구? 케이 팬이라고 뭔지도 모를 일에 공감하냐? 작작해라 응?"

"쳇, 진짜라니까?"

평소와 다르게 다가와 소리를 지르지 않고 멀리 떨어져 수군거리는 학생들이 신경 쓰였던 키스카가 그들을 힐끔 보고 다시 건에게 시선을 옮겼다. 소녀의 눈에 언제나처럼 환하게 웃고 있는 건이 들어왔다.

의아한 눈으로 사람들을 보던 키스카의 눈길이 손도 대지 않은 건의 스파게티 접시로 향하자, 건이 웃으며 토마토 스파게티를 밀었다.

"이것도 맛 좀 볼래?"

키스카가 입에 크림을 묻힌 채 입을 벌리자 토마토 스파게티를 먹기 좋게 포크에 돌돌 말아 소녀의 입에 넣어준 건이 웃으며 물었다.

"맛있어?"

입을 오물거리며 맛을 보던 키스카가 방긋 웃자 마주 웃어준 건이 팔꿈치를 테이블 위에 대고 하염없이 소녀를 바라보았다. 오늘따라 뭔가 다른 것 같은 건이었지만 모든 신경을 자신에게 쏟아주는 것이 마냥 좋은 키스카가 행복한 듯 까르르 웃었다.

별것 아닌 일상이었지만 키스카와 보내는 시간이 소중했던 건은 작업을 하면서도 계속 키스카와 놀아주고 밤늦은 시간이 되어서야 레드 케슬로 돌아왔다.

대기하고 있던 유모에게 키스카를 넘겨준 건이 옷을 갈아입기 위해 본채로 가고 있는 키스카의 작은 뒷모습을 뚫어지게 보고 있었다.

"아마 당신이 영국으로 떠나는 날. 보스와 아가씨도 떠나실 겁니다."

어느새 자신의 옆에 다가와 말하는 미로슬라브를 보지도 않고 계속 키스카의 뒷모습에 시선을 고정하던 건이 소녀의 모습이 완전히 보이지 않을 때가 되어서야 살짝 고개를 숙이고 한숨을 쉬었다.

"며칠 안 남았네요."

무뚝뚝한 표정을 지으며 건의 옆모습을 보던 미로슬라브가 살짝 고개를 끄덕였다.

슬퍼 보이는 건의 모습에 살짝 안타까움이 스치는 표정을 지었던 미로슬라브가 표정 관리를 하며 말했다.

"들어가시죠. 춥습니다."

"네."

대답과는 달리 한참 본채를 올려다보던 건이 발걸음을 옮겨 별채의 문을 열었다.

"왔냐?"

또 팬티만 입고 소파에 누워 있던 병준이 겨드랑이를 긁으며 한 손을 드는 것을 본 건이 피식 웃으며 말했다.

"키스카랑 같이 왔어요, 옷 입어요."

"어, 알았다."

병준이 옷을 입기 위해 방으로 들어갔다. 반바지와 티셔츠를 챙겨 입은 병준이 거실로 나오자 코트도 벗지 않고 멍한 표정으로 피아노 의자에 앉아 있는 건이 눈에 들어왔다.

"뭐야?"

이상한 눈으로 건을 보던 병준이 갑자기 표정을 바꾸며 소리쳤다.

"너 설마! 또 머리 아프냐?"

병준이 쿵쾅거리며 뛰어와 건의 이마를 만졌다.

"열은 안 나는데? 어디가 안 좋아? 말해봐."

자신의 이마를 만지는 병준을 올려다보던 건의 표정이 조금씩 일그러졌다.

그런 건의 표정을 본 병준이 눈을 크게 뜨며 건의 머리를 만졌다.

"진짜 아픈 거야? 지금 병원 갈래?"

점점 얼굴을 일그러뜨리던 건이 순간 큰 울음을 터뜨렸다.

"으허어어어엉!"

"뭐, 뭐야!"

피아노 의자에 앉아 자신의 앞에 서 있는 병준의 배에 얼굴을 묻은 건이 큰 소리를 내며 울자 당황한 병준이 건을 떼어내려 하며 소리쳤다.

"왜 그래! 진짜 아파서 그런 거야? 아, 안 되겠다! 빨리 병원 가자!"

병준이 아무리 떼어내려 해도 그의 배를 꽉 잡고 놓지 않은 건이 울음을 멈추지 않았다. 아파서 우는 것이 아닌 서러워서 우는 울음이라는 것을 눈치챈 병준이 건을 떼놓으려는 노력을 멈추고 가만히 건의 머리를 내려다보았다.

건이 울음을 그친 것은 십 여분이 지난 후였다. 아직 어깨를 들썩이고 있었지만 조금 진정되어 보이는 건을 떼어놓은 병준이 피아노 옆자리에 앉았다.

시 침묵하며 건의 옆모습을 살피던 병준이 물었다.

"왜, 무슨 일 있었어?"

"훌쩍, 훌쩍."

"말해봐. 나한테 말 못 할 일이 어디 있냐?"

건이 손등으로 코를 문지르며 다시 닭똥 같은 눈물을 주르륵 흘렸다.

"흐윽, 흐윽."

병준이 건을 진정시키려는 듯 그의 등을 토닥거렸다. 한참 건의 울음이 멈출 때까지 기다려 준 병준의 귀로 진정된 건의 목소리가 들려왔다.

"흑, 그레고리와…… 흐윽 키스카가 떠난대요."

병준의 눈이 커졌다.

"뭐? 어디로?"

"그레고리의 고향으로요……."

"얼마나?"

"흐윽, 훌쩍."

건이 답을 하지 않자 병준이 건의 어깨를 잡고 시선을 맞추었다.

"얼마나? 한 달? 두 달?"

눈물로 얼룩진 얼굴을 일그러뜨린 건이 다시 눈물을 흘리며 외쳤다.

"안 돌아올지 몰라요!"

아연실색한 표정을 지은 병준이 건의 어깨를 놓쳤다.

건의 입을 통해 그레고리와의 대화에 대해 자세히 들은 병준이 복잡한 표정으로 팔짱을 꼈다.

"그랬구나, 키스카는 아직 어리고, 여기 다른 가족들이 있는 것도 아니니 그레고리만 가는 것도 말이 안 되지. 이해는 되네."

아직 코를 훌쩍이며 어깨를 들썩거리고 있는 건의 옆모습을 힐끔 본 병준이 안타까운 표정을 지었다.

"서운하네, 나도 정이 많이 들었는데 말이야. 너보다야 덜할지 몰라도."

대답 없이 훌쩍거리는 건을 말없이 기다려 주던 병준이 밖에서 짧은 다리로 뛰어오는 발소리를 듣고 순식간에 표정을 바꾸며 낮게 소리쳤다.

"키, 키스카가 온다! 너 빨리 샤워실 가서 세수…… 아니! 샤워하고 나와!"

당황한 건이 코트를 훌렁 벗어 던지며 샤워실로 뛰어들어 갔다.

키스카가 별채 문을 여는 것과 동시에 샤워실의 문이 닫히는 것을 본 병준이 건이 벗어 던진 코트를 주워들며 어색한 표정으로 한 손을 들었다.

"어, 키스카. 잘 다녀왔어?"

오늘따라 기분이 좋은지 콧김을 내뿜으며 달려온 키스카가 병준에게 안겨 왔다.

힘차게 안기는 키스카에게 살짝 밀린 병준이 엄살을 부렸다.

"어이쿠! 우리 키스카 이제 힘 세졌네!"

그나마 키스카 앞에서 표정 관리가 가능했던 건과 달리 단순하고 마음 약한 병준은 소녀와 눈을 마주칠 자신이 없었는지 자꾸 시선을 엉뚱한 곳에 두었다.

"아…… 아, 케이는 지금 샤워해. 늦었으니까 나오면 동화책 읽어달라고 하자. 어흠, 나, 난 담배 좀 피워야겠다."

키스카를 들어 소파에 앉힌 병준이 끝까지 소녀와 눈을 마주치지 않고 황급히 밖으로 나갔다.

티셔츠와 반바지만 입고 별채 문을 연 병준은 문을 열자마자 살을 에는 바람을 느끼고 몸을 부르르 떨었지만, 다시 별채로 들어갈 자신이 없었는지 그대로 밖으로 나가 버렸다.

혼자 소파에 남은 키스카가 멀뚱한 표정으로 샤워실에서 나는 물소리를 들으며 건을 기다렸다.

♪♫

다음 날.

링컨 센터의 작업실에 모인 몬타나의 멤버들이 Fury의 새 버전을 연습했다. 몇 번의 시행착오 끝에 완주를 끝낸 케빈이 이마에서 흘러내린 땀방울을 닦을 생각도 못 하고 멍하니 마이크를 잡고 있는 건을 보았다.

뭔가 힘이 없어 보이는 건이었지만 완벽에 가까운 보컬 라인을 소화한 건이 마이크를 잡은 채 녹음 부스 밖에 앉아 자신을 바라보고 있는 키스카와 눈을 맞추며 살짝 미소를 지었다.

녹음 부스에 잠시간 침묵이 흐르고 가장 먼저 정신을 차린 케빈이 뭔가에 홀린 듯 카를로스를 보았다.

"저, 정식 버전이랑 음이 거의 같은데……."

카를로스 역시 놀랐는지 눈을 크게 떴다.

"완전히 다른 곡이 되었군."

케빈이 카를로스 역시 자신과 같은 생각임을 확인하고는 여전히 마이크 스탠드에 손을 올리고 키스카를 바라보고 있는 건에게 고개를 돌렸다.

"뭔 짓을 한 거냐?"

대답 없이 그저 키스카를 바라보고 있는 건에게 다가간 케빈이 그의 어깨를 툭 쳤다.

"케이."

"어, 어? 뭐라고 했어?"

어디에 정신을 두고 있는지 자신이 했던 말을 듣지도 못한 건의 어깨를 잡은 케빈이 다시 물었다.

"Fury에 무슨 짓을 한 거냐고, 음이 거의 같은데 어떻게 곡 분위기가 이렇게 달라져?"

건이 다른 멤버들을 한 번씩 훑어본 후 씨익 웃었다.

"어떻게 바뀐 것 같은데?"

케빈이 황당한 표정으로 반문했다.

"네가 만들어놓고 왜 나한테 물어?"

"네가 어떤 느낌을 받았는지 궁금해서 그래."

싱글거리며 자신을 살피는 건을 본 케빈이 다시 한번 악보를 본 후 말했다.

"어…… 뭔가 연주하고 나면 시원해지는 느낌이라는 것은 같은데, 뭐랄까…… 지난번 곡이 나를 이렇게 만든 누군가에게 분노를 쏘아 보내는 듯한 느낌이었다면, 지금은 산 위에 올라가 몇 시간 동안 고래고래 고함을 지르고 울분을 분출한 뒤의 기분이랄까? 뭐…… 그런 기분이야."

건이 짙은 미소를 지으며 카를로스를 보았다.

"카를로스 생각은 어때요?"

기타를 맨 채 팔짱을 끼고 악보를 보고 있던 카를로스도 고개를 끄덕였다.

"오랜만에 케빈의 표현이 정확한 것 같군. 나도 같은 느낌을 받았어."

건이 고개를 빼고 드럼에 앉아 있는 호세와 눈을 맞추자 그도 고개를 끄덕였다.

세 사람의 확인을 받은 건이 짙은 미소를 지으며 말했다.

"의도가 제대로 전해졌네요. 일단 성공이라고 할 만해요."

케빈이 아직도 얼빠진 표정으로 보면대의 악보를 들어 올리며 말했다.

"너 괴물이냐?"

"응?"

"정식 버전도 엄청난 곡이었는데, 이 곡은 뭐야? 너한테 시간을 더 주면 더 좋은 곡이 나오는 거야?"

"후후, 글쎄?"

"글쎄? 헐…… 장난 아니네, 진짜."

두 사람의 이야기를 들으면서도 여전히 악보에서 눈을 떼지 않은 카를로스가 진중한 말투로 말했다.

"음…… 그냥 라이브 때만 하기에는 너무 아까운데…… 그렇다고 이미 나간 앨범을 또 낼 수도 없고."

건이 카를로스에게 다가가 그의 어깨를 툭툭 치며 말했다.

"린 이사님이 해결해 주실 거예요."

카를로스가 린의 이름을 듣고 눈썹을 꿈틀했다.

"오, 그 천재 이사? 그래, 어떻게 한대?"

건이 다시 키스카 쪽을 바라보며 말했다.

"라이브 실황을 촬영한대요. 그 음원을 스트리밍 서비스 전용으로 올릴 거고, 라이브 영상도 유튜브에 올릴 생각이라던데요."

"오, 그래?"

"네, 듣기로는 그리하면 스트리밍 서비스 회사와의 트러블도 정리할 수 있고, 앨범을 산 사람보다 더 많은 사람들에게 새 버전의 Fury를 듣게 할 수 있대요. 또, 앨범을 산 사람들은 자신이 가진 앨범에 수록된 곡이 진짜 Fury라는 자부심을 갖게 되는 효과도 있을 거래요."

"오! 그렇지! 역시 회사를 옮기길 잘했어, 제대로 머리가 돌아가는군, 그 여자는."

감탄하는 카를로스를 보며 웃어준 건이 자랑스러운 표정으로 말했다.

"그럼요, 린 이사님은 어떤 문제도 해결해 주시는 분이니까요."

"후후, 그래 이제 내 문제도 해결해 줬으면 좋겠군그래."

"하하, 그렇게 되실 겁니다."

케빈이 두 사람의 대화를 듣다가 문득 말했다.

"자, 그럼 이제 영국으로 갈 일만 남은 건가?"

케빈의 말을 들은 건의 표정이 순간적으로 어두워졌다. 하지만 다들 악보를 보느라 건의 표정을 보지 못했는지 서로 대화를 이어 갔다. 케빈의 말에 호세가 핸드폰으로 달력을 확인한 후 말했다.

"이틀 뒤에 출발하면 얼추 맞겠네."

케빈이 눈알을 뒤룩뒤룩 굴리며 계산을 했다.

"이틀이면…… 아침에 출발할 테니 연습시간이 오늘이랑 내일뿐이네요? 크, 큰일 났다."

카를로스가 피식 웃으며 말했다.

"잠은 비행기에서 자고, 이틀간 잘 생각은 하지 말아라. 실력 보니 또 케이의 스파르타식 연습이 필요해 보이니 말이야. 케이! 오늘부터 이틀간 제대로 훈련 부탁해!"

건은 듣지 못한듯 창밖에서 손을 흔들고 있는 키스카를 슬픈 눈으로 보았다.

답이 없자 카를로스가 건 쪽으로 시선을 돌리며 말했다.

"케이?"

건이 키스카를 뚫어지게 보다가 살짝 고개를 숙였다.

"네, 알겠어요."

케빈이 의욕에 넘치는 표정을 지으며 소리쳤다.

"오오! 좋아! 연습이다, 연습이야!"

그들의 연습은 추운 겨울날에도 불구하고 온몸이 땀에 젖고, 늦은 시간까지 이어졌다. 베이스 플레이가 바뀌었고, 중간 간주 부분이 더욱 리드미컬해졌기에 케빈과 호세는 의욕적으로 연습에 임했다.

아마 키스카 없었다면 식사도 거르고 연습을 했을지도 모르는 몬타나 멤버들은 빠르게 식사를 마치고 다시 연습에 매진했다. 밤 11시가 되자 병준이 찾아와 키스카를 데리고 먼저 집으로 떠났고, 그 모습을 우두커니 지켜보던 건이 병준에게 안겨 손을 흔들고 있는 키스카를 향해 웃어주었다.

♪♫

이틀의 연습 기간이 순식간에 지나고 영국으로 떠나는 날

새벽.

어젯밤 미리 싸둔 짐 가방을 든 건이 키스카가 자고 있는 방의 문을 조용히 열었다. 이제 곧 열한 살이 되지만 아직 일곱 살 정도로 보이는 키스카가 양팔을 위로 들고 살짝 입을 벌린 채 잠이 들어 있었다.

혹시나 가까이 가면 소녀가 깰까 봐 멀리서 하염없이 자는 모습을 보던 건이 뒤에서 자신의 어깨에 손을 올리는 병준을 힐끔 보았다.

"가자."

건이 천천히 고개를 끄덕였지만, 발이 떨어지지 않는지 움직이지 못하자 병준이 건의 짐 가방을 끌었다.

"차에 실어둘게. 좀 더 있다 나와."

끊임없이 연습에 목말라하는 몬타나 멤버들 덕에 키스카와의 마지막을 정리할 시간을 갖지 못한 건을 배려한 병준이 짐을 들고 밖으로 나갔다.

건이 주먹을 꼭 쥐고 잠든 키스카를 내려다보다가 다가가 소녀가 차 버린 이불을 끌어올려 덮어주었다.

키스카의 앞머리를 정리해 주던 건이 다시 눈물을 흘렸다.

'안녕, 키스카.'

속으로 인사를 전한 건이 소매로 눈물을 닦고 일어났다. 뒤로 돌아 키스카의 방을 나선 후 차에 탈 때까지 단 한 번도 뒤를 돌아보지 않는 건을 지켜보던 병준이 한숨을 쉬며 대기하고 있던 조직원들에게 말했다.

"출발합시다."

차에 타려던 병준이 본채 2층 창문에 서 있는 그레고리와 눈이 마주치고는 묵례를 했다. 팔짱을 끼고 밖을 내려다보던 그레고리가 미미하게 고개를 끄덕였다.

복잡한 눈으로 그레고리를 올려다보던 병준이 차에 타 건을 돌아보았다. 건은 별채의 반대편 창으로 고개를 돌린 채 슬픈 표정을 짓고 있었다.

다시 한번 한숨을 쉰 병준이 운전석에 앉은 조직원에게 출발을 지시하자 곧 차가 출발했다.

조수석에 앉아 있던 병준이 룸미러를 조작해 뒷좌석에 앉은 건을 거울로 비춰 보았다. 별채를 보지 않고 있던 건은 어느새 뒤로 돌아앉아 멀어지는 레드 케슬에 시선을 주고 있었다. 고개를 절레절레 흔든 병준이 낮은 어조로 위로의 말을 건넸다.

"곧 돌아올 거야."

건은 병준의 말이 들리지 않는지 하염없이 멀어지는 레드 케슬을 보고 있었다. 건의 어깨가 다시 들썩이는 것을 본 병준이 조용히 손수건을 내밀었다.

공항에 도착하기 전까지 차에서 울던 건은 차가 공항 주차장에 선 후에도 한참 차에서 내리지 못했다. 아무 말 없이 건을 기다려 주던 병준이 먼저 내려 담배를 피웠다.

병준이 서너 가치의 담배를 연속으로 피우고 나서야 차에서 내린 건은 공항 로비에서 몬타나 맴버들을 만나 팡타지오 전용기를 타고 영국에 도착할 때까지 단 한마디도 하지 않았다.

건의 분위기가 이상함을 감지한 케빈이 눈치를 보며 농담이라도 걸어보려 했지만, 병준의 제지로 혼자 앉아 있는 건에게 다가가지도 못한 케빈은 영국에 도착할 때까지 좌불안석이었다.

병준에게 대략적인 이야기를 들은 카를로스만이 안타까운 눈으로 슬퍼 보이는 건의 모습을 지켜보았다.

다행히 영국 리버풀 존 레논 공항에 도착할 무렵이 되자 평소와 같은 모습을 회복한 건이 아직도 슬금슬금 자신의 눈치를 보고 있는 케빈의 어깨를 두드렸다.

"미안, 이제 괜찮아."

케빈이 어색한 웃음을 흘리며 조심스럽게 말했다.

"그, 그래? 다, 다행이네. 하하."

건이 안타까운 눈빛으로 자신을 보고 있는 카를로스에게 미소를 지은 후 전용기의 계단 앞에 섰다. 목에 걸려 있는 피크 모양의 목걸이에 새겨진 키스카의 이름을 매만진 건이 말했다.

"가요, 우리의 두 번째 Fury를 세상에 들려주러."

◈ 2장 ◈

Liverpool Sound City

　공항에 내린 일행이 게이트 앞에서 기다리던 손린과 합류했다. 미리 병준에게서 키스카와의 일을 들은 린이 건의 표정을 살피며 말했다.

　"영국까지 오시느라 수고하셨습니다. 건 씨……."

　건이 희미하게 미소를 지으며 말했다.

　"먼저 와서 수고하신 이사님보다 더할까요."

　린이 잠시 건에게 시선을 두다가 연장자인 카를로스에게 눈인사를 건네며 말했다.

　"수고하셨습니다, 카를로스."

　카를로스가 환하게 웃음을 지으며 손을 내밀었다.

　"이거 고생이 많으십니다. 미리 들어보니 라이브 실황을 음원으로 발표하신다고요? 좋은 생각입니다."

그의 손을 맞잡은 린이 미소를 지은 후 케빈을 힐끔 보았다.

"케빈도 오느라 수고했어요."

케빈이 넉살 좋은 웃음을 지으며 말했다.

"제가 무슨 수고를 했나요, 그나저나 홍보는 좀 됐어요?"

린이 몸을 돌리며 걸음을 옮겼다.

"가시면서 보시죠."

이미 몬타나의 입국 소식이 전해졌는지 공항 앞은 기자들로 장사진을 이루고 있었다. 팡타지오 소속의 연예인은 사전 인터뷰 요청을 하지 않으면 어떤 인터뷰도 하지 않는다는 것을 미리 인지하고 있던 기자들이 그저 그들의 입국 모습을 사진으로 담을 뿐 고함을 지르며 인터뷰를 요청하지는 않은 덕에 수월하게 공항을 빠져나온 일행이 팡타지오의 로고가 그려진 하얀 승합차에 악기들을 실었다.

드러머라 가장 짐이 많은 호세가 가장 마지막으로 차에 올라타자 린이 동양인 기사에게 지시했다.

"힐튼 리버풀로 갑시다."

차가 출발하자 영국에 처음 온 케빈이 신기한 눈으로 창가에 붙어 영국의 전경을 감상하다가 입을 떡 벌렸다.

잠시 말을 잇지 못한 케빈이 옆자리에 앉은 카를로스의 옆구리를 팔꿈치로 쳤다.

"윽! 무슨 짓이야?"

케빈이 창밖에 시선을 두고 손가락을 들어 올렸다.

"저기 봐요."

고개를 빼고 창밖을 본 카를로스가 피식 웃었다.

"난 익숙하다. 너나 많이 감상해라."

케빈의 손가락이 가리키는 곳에는 건물 위에 설치된 대형 광고판에 Liverpool Sound City의 광고판이 있었다. 중앙에 쓰인 행사명의 양쪽에는 카를로스와 건의 사진이 서로를 마주 보고 있었다.

멍한 눈으로 건물 크기와 비슷한 광고판을 보던 케빈이 건에게 말하려다 그 역시 이러한 것이 익숙할 것이라는 생각에 조용히 손가락을 내렸다.

"나만 신기한 거야 이거?"

조수석에 앉아 있던 린이 뒤를 돌아보며 말했다.

"리버풀뿐만 아니라 영국 전역에 몬타나의 참가 소식이 알려지며, 이번 리버풀 사운드 시티의 메인 홍보 모델로 두 분이 채택되었습니다, 당연한 결과지만요."

케빈이 곤란한 표정으로 린을 보며 말했다.

"저기, 달랑 한 곡 할 건데 이렇게 광고해도 되나요?"

"맞아요, 한 곡만 하죠. 하지만 리버풀 시티가 진행되는 삼일 모두 무대에 서는 것은 몬타나뿐이기도 합니다. 제대로 된 공연을 기대하는 많은 사람이 관리위원회에 몬타나의 공연 시간과 위치에 대한 문의를 하고 있다고 해요. 관리위원회가 마비될 지경으로 문의가 들어와 골치를 썩고 있다네요."

케빈이 긴장된 표정을 짓자 카를로스가 피식 웃었다.

"아, 넌 공연이 처음이지? 몬타나라는 밴드의 소속이라는 것을 자각하는 것이 좋을 거야. 앞으로 세계 어디를 가도 이런 광경을 볼 테니까."

긴장으로 식은땀을 흘리고 있는 케빈을 본 린이 창밖에 시선을 두고 있는 건을 안타까운 눈으로 바라보았다.

어떻게든 건의 기분을 풀어주고 싶은 마음을 갖고 있던 린이 잠시 고민한 후 말했다.

"저, 건 씨."

건이 린에게로 고개를 돌리며 눈을 동그랗게 떴다.

"네?"

"이번 리버풀 사운드 시티에 코리안 데이 쇼케이스가 있습니다. 마침 우리 호텔에 행사에 참여하는 한국인들이 묵고 있다고 하는데, 만나 보시겠어요?"

건이 살짝 관심이 생겼는지 몸을 앞으로 숙였다.

"한국 뮤지션이요? 누구요?"

린이 조수석의 글로브 박스를 열고 접혀 있던 종이 한 장을 꺼내 읽었다.

"케이트 플라워, 브로큰 하트라는 밴드가 참여했습니다. 그 외에 아이돌 그룹인 ATS와, 여성 뮤지션 라이유라는 분이 오셨네요."

아이돌 그룹은 관심이 없었고, 밴드들은 이름을 들어본 적이 없었던 건이 다시 몸을 뒤로 젖히며 고개를 저었다.

"딱히 뵙고 싶은 분은 없네요."

린이 종이를 다시 접어 글로브 박스에 던져 넣으며 말했다.

"그럴 줄 알았습니다만, 말해봤습니다."

건이 씩 웃으며 말했다.

"후후, 이사님이 영양가 없는 말을 던지실 때도 있네요."

"다른 사람에게는 하지 않아요."

"하하, 영광이에요."

차가 힐튼 리버풀 호텔 앞에 도착하자 밖을 본 린이 조금 당황한 표정으로 외쳤다.

"뭐에요, 호텔 앞이 왜 이래요?"

운전석에 앉은 직원 역시 당황한 표정을 짓더니 급히 전화기를 들었다.

린의 말에 창밖으로 고개를 돌린 케빈의 눈에 수천 명은 가뿐히 넘을듯한 사람들이 호텔 앞에 죽치고 앉아 있는 것이 보였다. 멍하게 밖을 보고 있던 케빈의 귀로 통화를 마친 직원이 린에게 말하는 것이 들려왔다.

"호텔에서 대기 중인 직원 말로는 같은 호텔에 묵고 있는 KPOP 아이돌 팬들이라고 생각했던 사람들이 모두 케이의 이름이 적힌 현수막을 들고 있답니다! 뒷문 역시 팬들로 포위된 상태라는데 어떻게 할까요?"

린이 인상을 찌푸리며 소리쳤다.

"도대체 상주 직원이라는 사람은 뭐 하는 사람이길래 이런 지경까지 왔는데 보고도 안 했나요?"

"그, 그것이 같은 호텔에 요새 인기 많은 아이돌들이 있다 보니 그쪽 팬들로 생각했답니다."

"누구의 팬이건! 여기서 내리면 어떻게 될 것 같은가요! 상주 직원에게 즉시 시말서 제출하라고 하세요!"

"네, 네……."

불같이 화를 내는 린의 모습을 보니 정말 예상치 못했던 일이라고 생각한 케빈이 안절부절못하자 아무렇지도 않은 표정을 짓고 있던 건이 말했다.

"그냥 호텔로 들어가요."

맨 뒷자리에 구겨져 있던 병준이 고개를 들며 말했다.

"뭐? 미쳤나?"

"그냥 가도 돼요."

린이 의아한 표정을 짓자 건이 씨익 웃으며 말했다.

"여기 영국이에요. 동양 팬들은 뮤지션들이 노래를 하거나 모습을 드러내면 소리부터 지르고 달려오지만, 영국 팬들은 달라요. 도도한 표정으로 '어디 한번 노래해 봐. 네 노래가 괜찮으면 난 돈을 낼게'라는 자세를 취하죠. 아마 내려도 얼굴이나 보려 하지 달려들진 않을 걸요?"

카를로스가 입술을 내밀며 고개를 끄덕였다.

"음, 듣고 보니 그렇군. 지난번 영국 공연 때도 별일 없었으니까. 그런데…… 난 괜찮은데 케이 네가 문제지."

건이 피식 웃으며 갑자기 차 문을 열었다. 놀란 병준이 뒤에서 손을 뻗어 건의 뒷덜미를 잡으려 했지만 이미 차에서 몸을 빼낸 건이 이미 호텔로 걸어 들어가고 있었다.

병준이 고함을 지르며 앞 좌석을 발로 찼다.

"제길! 케빈! 이거 치워봐! 빨리 내려!"

당황한 일행들이 차에서 우르르 내리고 마지막에 겨우 차에서 뛰어내린 병준이 다급한 눈으로 수천 명의 팬을 보다가 아연실색했다.

건이 바닥에 주저앉은 팬들 사이를 누비며 손을 흔들어주자 팬들이 바닥에 그대로 앉은 채 현수막을 흔들거나 환영 인사를 건네고 있었다.

"와아! 케이, 영국에 와줘서 고마워요!"

"공연 때도 꼭 갈게요! 리버풀 원 쇼핑센터에서 공연이죠?"

건이 자연스럽게 고개를 끄덕여 주거나 답을 해주자 신이 난 팬들이 계속 말을 걸었다.

"이번 곡 너무 좋아요! 케이도 언젠가 앨범을 내면 꼭 살게요! CD 플레이어도 사봤어요!"

"몬타나랑 같이 왔으니 Fury를 연주하는 거죠?"

건이 웃으며 고개를 끄덕이며 팬들 사이를 누볐다. 멀리 있던 팬들은 일어나 가까이 다가왔지만 가까이 있는 팬들은 자리에 앉아 움직이지 않고 큰 목소리로 말을 걸어오기만 하는 것을 본 케빈이 긴장이 풀렸는지 힘없는 미소를 지었다.

"뭘 걱정한 거야, 우린."

다급한 표정을 지었다가 상황을 보고 신색을 회복한 린이 재빨리 말했다.

"케이가 시간을 끌어주고 있는 동안 우린 빨리 들어가죠, 병준 실장님? 케이와 함께 들어오세요. 거기! 악기 내려요."

린의 빠른 지시에 호텔 로비로 무사히 들어온 일행이 아직 걱정되는 표정으로 밖에 있는 건을 기다렸다.

잠시 후 아무렇지도 않게 환호하는 팬들을 뒤로하고 호텔로 들어온 건이 이를 드러냈다.

"거봐요. 별일 없잖아요."

마지막에 들어온 병준이 건의 등을 짝 소리 나게 때렸다.

"이놈이! 아무리 그래도 그렇지! 위험한 상황이 오면 어쩌려고 그래! 다시는 이런 짓 하지 마!"

"아악! 왜요, 그래도 잘 들어왔으면 됐지!"

"아무튼! 다시 이런 행동하면 나 진짜 화낸다."

"이씨! 알았어요."

미리 모두의 여권을 가지고 있던 린이 체크인을 한 후 키를 나눠 주었다.

"오늘은 쉬세요. 내일 저녁 공연이니 그전에 호텔 밖으로 나가지 말아주셨으면 합니다. 급하게 요청한 경호 인력이 곧 도착하겠지만, 개별 행동을 하시면 위험합니다."

키를 나눠 받은 일행이 엘리베이터를 타고 방으로 향했다.

멤버들이 각자 배정받은 방으로 들어가고 마지막에 남은 건이 자신의 방으로 들어가려 하자 린이 다가와 걱정스러운 표정으로 말했다.

"건 씨."

방에 키를 꽂은 채 고개를 돌린 건이 무슨 일이냐는 듯 물었다.

"네? 말씀하세요."

린이 심각한 표정으로 말했다.

"괜찮아요?"

"후후, 네 괜찮아요, 걱정 마세요."

"건 씨."

"네?"

린이 건의 눈을 똑바로 보며 말했다.

"방금 행동은 평소의 건 씨답지 않았어요."

건이 린의 눈을 보다가 쓴웃음을 지었다.

가타부타 답이 없는 건을 본 린이 말을 이었다.

"위험한 상황이 될 수 있었어요, 아무리 영국에 대한 사전 지식이 있었다 해도 평소의 건 씨가 할 행동이 아니었습니다."

건이 조용히 아직 손에 쥐고 있는 방 열쇠를 내려다보고 있자 린이 걱정스러운 표정으로 말했다.

"키스카 때문인가요?"

키스카의 이름이 나오자 움찔한 건이 아무 말 없이 고개를 숙였다.

그런 건의 옆모습을 한참 보던 린이 한숨을 쉬며 등을 쓸어 주었다.

"마음이…… 아픈가요?"

여전히 방 열쇠 구멍에 꽂아둔 키를 잡고 있던 건의 손에 눈물 한 방울이 떨어졌다.

잠시 둘 사이의 침묵이 흐르고 급히 손으로 눈물을 닦은 건이 미소를 지으며 말했다.

"하하, 아니에요. 이제 괜찮아요, 이사님. 피곤하실 텐데 그만 쉬세요."

건이 문을 열고 방으로 들어가며 눈인사를 건네는 것을 지켜보던 린이 닫혀 버린 방문을 보며 중얼거렸다.

"아픈 거군요, 많이."

린이 안타까운 눈으로 말했다.

"남자는 아프지 않다고 말할 때 진짜 아프다고 해요, 당신은 지금 많이 아픈 겁니다."

방으로 들어온 건은 방문 앞에 서서 텅 빈 객실을 보고 있었다. 등 뒤의 닫힌 문에서 느껴지는 린의 인기척은 그대로였지만, 그저 멍하니 빈 객실의 침대를 보던 건이 한숨을 쉬었다.

주머니 속에서 전화기를 꺼내 침대에 던져둔 건이 나직하게 중얼거렸다.

"핸드폰이라도 하나 선물해 줄걸……."

한참을 침대에 걸터앉아 멍하게 시간을 흘리고 있다가 문을 두드리는 노크 소리에 문을 연 건의 눈에 맥주 캔을 들어 보이며 미소 짓는 카를로스가 들어왔다.

"한잔할까?"

카를로스와 건이 호텔 방 창가에 나란히 놓인 소파에 테이블 하나를 가운데 놓고 각자 든 맥주잔을 부딪치며 시원하게 맥주를 들이켰다.

카를로스와 달리 맥주 한 모금을 깨작거리며 마신 건이 창밖으로 시선을 던지자, 둘 사이에 한참 동안 침묵이 흘렀다. 건과 함께 겨울의 리버풀 도심지를 물끄러미 보던 카를로스가 먼저 입을 열었다.

"키스카 소식은 들었어."

건이 자조적인 웃음을 보이며 슬픈 눈으로 창밖을 바라보는 것을 힐끔 본 카를로스가 다시 맥주 캔을 입으로 가져가며 말했다.

"누구에게나 우울한 날은 있지, 지금의 넌 인생의 나날 중 우울한 날을 보내고 있는 거야. 그런데 말이야. 태어난 모든 것들은 기약 없는 이별을 준비해야만 해, 만나고 알고 사랑하고, 이별하는 것은 모든 인간의 공통 된 슬픈 이야기거든."

그의 말에 조용히 고개를 돌려 시선을 맞춘 건이 물었다.

"카를로스에게도 그런 일이 있었나요?"

카를로스가 남은 맥주를 한 번에 들이킨 후 새 맥주 캔에 손을 가져가며 아련한 눈빛을 창밖으로 보냈다.

"내 나이가 몇인데 그런 경험 하나 없겠어, 나도 수없이 많은 사랑을 하고, 또 이별했지. 물론 너와 같이 막냇동생 같은 꼬마와 이별한 것은 아니지만, 이별의 슬픔은 대부분 비슷하거든."

건이 고개를 숙이고 바닥을 바라보았다.

"카를로스는 그럴 때 어떻게 하셨나요, 아니, 어떻게 이 지독한 슬픔에서 빠져나갈 수 있나요?"

카를로스가 맥주를 마시다가 멈추고 진중한 눈으로 건을

보았다.

"너 설마 그 꼬마 아이에게, 다른 마음이라도 있는 거였어? 지독한 슬픔이라니 좀 과하잖아?"

건이 여전히 슬퍼 보이는 눈으로 쓴웃음을 지었다.

"아니에요, 오랫동안 한집에 살아서 가족 같아서 그래요. 실은 제가 가족 중 유일하게 사랑한다고 말할 수 있는 것은 제 동생 시화였어요. 아마도 전 키스카를 시화보다 더 어린 저의 친동생으로 생각했던 것 같아요."

"그래, 가족과 헤어진 슬픔에 가까운 것이었네."

입을 삐죽 내밀고 고개를 끄덕인 카를로스가 맥주 캔을 높이 들었다.

"내 모든 것, 내 인생의 모든 것은 음악으로 귀결하는 법이지!"

건이 카를로스를 보며 실소를 짓자, 그가 말을 이었다.

"멋 있으려고 하는 말도 아니고, 입에 발린 소리도 아니야. 나는 실제 그렇게 살아왔다. 사랑할 때 나는 사랑을 노래했고, 이별할 때 이별을 노래했어. 즐거울 때 더 즐거운 노래를 했고, 눈물이 날 때 더 눈물이 나는 음악을 만들었다. 그게 내가 살아온 방식이고, 이 땅에 살아가는 진정한 뮤지션이 사는 방식이라고 생각해. 물론 내 개인적인 생각이야."

건이 그를 물끄러미 보다가 물었다.

"저도 그럴 수 있을까요?"

카를로스가 신중한 표정으로 건을 뚫어지게 보았다.

"글쎄? 이런 때 난 '그럼 물론이지! 너도 할 수 있어!'라고 말해줘야 할 테지만, 지금까지의 네 모습을 보면 솔직히 모르겠다."

"키스카를 아끼던 제 모습 말인가요?"

"아니."

"그럼요?"

카를로스가 창밖으로 시선을 돌리며 잠시 침묵하다가 입을 열었다.

"넌 음악을 즐기고 있지 않아."

건의 눈썹이 꿈틀거렸다.

"무슨 뜻이에요?"

카를로스의 눈빛이 깊어졌다.

"내가 너를 처음 보았을 때 그때부터 느꼈다. 넌 분명 천재가 맞아. 하지만 천재성의 발휘되는 포인트가 옳은 방향인지는 사실 모르겠다."

건이 소파에서 등을 떼며 몸을 앞으로 내밀었다.

"자세히 말해주실래요?"

카를로스가 맥주 캔을 테이블 위에 올리고 건과 눈을 마주쳤다. 잠시 건의 슬퍼 보이는 눈을 찬찬히 쓸어 보던 카를로스가 한참 만에 입을 열었다.

"롤라 팔루자 페스티벌 때를 생각해 보자. 난 공연 중 노래하는 네게서, 또 음악을 듣고 있는 관객들의 머리 위에서 환상을 볼 정도로 네 노래에 놀랐다. 그때 난 널 음악의 신인 뮤즈라고 생각했을 정도니까."

낯간지러운 소리였지만 진중한 표정으로 경청하는 건을 본 카를로스가 말을 이었다.

"그 후로 널 지켜봤지. 네가 얼마나 높이 날아오를지 궁금했으니까. 뭐, 날아오르긴 했어. 하지만 그것은 네게 행복을 주지는 않았을 거야. 너에게 두 가지 질문을 하지. 괜찮아?"

건이 고개를 끄덕이자 카를로스가 검지를 들며 말했다.

"음악을 하고, 노래를 하고, 연주를 하는 것이 즐겁나?"

건이 당연하다는 듯 크게 고개를 끄덕였다.

"당연하죠, 그래서 음악을 하는 것인데요."

카를로스가 여전히 진중한 표정으로 중지 손가락을 폈다.

"두 번째 질문이야. 너는 음악을 하고, 노래를 하고, 연주를 할 때 어떤 생각을 하지?"

건이 조금 오랜 시간 턱을 끌며 고민한 후 입을 열었다.

"어떻게 하면 좀 더 내가 표현하고 싶은 감정을 완벽하게 음악으로 녹여낼 수 있을까, 어떡하면 듣는 이에게 더 증폭된 감정과 완벽한 연주와 노래를 전할 수 있을까 하는 생각을 해요.

그리고 그것을 위해 항상 노력하고 있어요."

손가락 두 개를 펴고 건을 보고 있던 카를로스가 천천히 손가락을 접었다.

"다시 첫 번째 질문으로 돌아가지. 그래서, 너는 네 음악을 만들고, 연주하고, 노래할 때 즐거운가?"

"네? 무, 무슨 말이에요 그게?"

"네 음악을 듣고 좋아하는 관객들을 보고 기쁜 감정을 묻는 것이 아니야. 너는 Fury를 만들 때 연주할 때, 노래할 때 즐거웠어?"

건이 생각지도 못한 질문이었는지 당황하며 말했다.

"Fury는 즐거움을 담은 곡이 아니에요, 카를로스. 분노를 폭발시키는 곡이에요. 그런 곡을 만들 때 즐거울 리 없잖아요?"

카를로스가 팔짱을 끼며 피식 웃었다.

"그래, 그럼 다른 곡을 만들 때는 어땠어? 혹은 다른 뮤지션의 곡을 함께 연주할 때는 어땠지? 동물원에서 오케스트라를 할 때도, 레온틴 프라이스 교수와 오페라 무대를 가졌을 때도 너는 항상 최선을 다해 완벽한 모습, 완벽한 연주와 노래를 보여주었다. 그것은 부정하지 않지. 하지만 너는 그 무대들이 즐거웠어? 음악을 만드는 과정이 즐거웠나?"

건의 입이 벌어졌다.

초점을 잃은 듯 멍한 표정을 지은 건이 침묵하자 카를로스가 말을 이었다.

"다시 말하지만 네 천재성은 의심할 가치도 없어. 넌 항상 대단한 음악을 만들어내고, 그에 어울리는 노래와 연주를 하는 사람이야. 앞으로도 그럴 것이라고 생각해. 하지만 너는 과거에도 현재에도 네가 만든 음악을 즐기며 노래하지도, 연주하지도 않아."

카를로스가 소파에서 일어나 창가로 다가선 후 건을 내려다보았다.

"나는 네가 자신이 만든 음악을 즐길 줄 아는 뮤지션이 되었으면 좋겠다. 완벽한 음악을 만들고 완벽한 연주를 하지 못해도 좋아. 모두를 위해 음악을 하는 것도 좋지만 너 스스로에게 위안이 되는 음악을 해야 뮤지션으로 평생을 살아갈 에너지를 만들어낼 수 있다. 그것이 내가 해주고 싶은 충고야."

카를로스는 긴 말을 마치고 창가에 팔짱을 끼고 서서 건을 내려다보았다. 긴 침묵이 흐르고 건이 들고 있던 맥주 캔의 김이 다 빠질 무렵, 건의 눈동자에 초점이 돌아왔다.

눈동자를 움직여 자신을 바라보고 있는 카를로스를 향해 건이 말했다.

"카를로스의 말이 맞아요. 난 한 번도 무대를 즐겨본 적이 없는 것 같아요. 그저 완벽한 음악을 만들고, 완벽하게 연주하고, 노래하는 것밖에 생각하지 않았으니까요."

카를로스가 창가에 기대 있던 몸을 떼며 말했다.

"그래, 모든 것은 깨닫는 것에서부터 시작하는 거야. 어렵겠지만 깨달은 것은 실천에 옮겨야지. 네 음악을 즐겨, 슬픈 음악으로 더 슬퍼하고, 기쁜 음악으로 더 기뻐해라."

"하지만 카를로스, 지금의 제 상황과 Fury는 맞지 않아요. 전 슬퍼하고 있는 것이지 분노를 터뜨리고 싶은 마음이 아니에요."

카를로스가 진중한 눈으로 건을 내려다보다가 실소를 지었다.

"인간이 범하기 쉬운 오류이기도 하지. 하지만 자신을 제대로 관조할 줄 아는 사람이 제대로 된 인생을 사는 법이야. 스스로의 감정이 어떤지도 정확히 판단하지 못하는 이가 어떻게 남의 감정을 움직이는 곡을 노래하겠나?"

건이 의아한 눈빛을 보내자 카를로스가 다시 소파에 털썩 앉았다.

"잘 들어. 인간이란 존재가 느끼는 모든 슬픔은 분노를 수반한다. 왜? 몇 가지 예를 들어보지. 만약 이별에 슬퍼하는 사람이라면, 그는 곧 이별할 수밖에 없었던 주변 환경, 나의 그릇된 행동, 그릇된 결정, 또는 상대의 결정에 대해 분노하게 되어 있어."

가만히 카를로스의 말에 귀를 기울이고 있던 건이 살짝 고개를 끄덕이자 카를로스가 말을 이었다.

"부모님 여행 한번 시켜 드리지 못하고 임종을 봐야 하는 자식이라면, 부모님이 살아 계실 때 고작 그렇게밖에 하지 못했던 자신에 대한 분노, 더 잘할 수 있었는데, 더 했어야만 했는데 라는 후회 속에도 자아에 대한 분노가 숨어 있지. 이렇게 인간은 슬픔과 분노를 교차해서, 혹은 함께 느끼는 존재야."

건의 눈이 깊어지며 생각에 잠기는 것을 본 카를로스가 말을 보탰다.

"지금의 너도 마찬가지야. 떠난 키스카를 무기력하게 바라볼 수밖에 없는 스스로에 대한 분노, 가족같이 생각하든 연인같이 생각하든 뭐가 됐든 네가 아끼는 사람이 떠나는 것을 막지 못하는 너의 무기력함. 그것에 대한 분노가 분명 네 안에 내재 되어 있다. 뇌라는 놈이 그것을 인지하는 시간이 걸리는 것뿐, 넌 곧 스스로에 대해 분노를 터뜨리게 될 거야."

카를로스가 일어나 생각에 잠긴 건의 소파 앞으로 와 한쪽 무릎을 꿇고 눈을 맞췄다.

"터뜨려. 곪아 터지기 전에 터뜨려 버려. 그것은 무대 위가 되어야 할 것이고, 너는 분노를 분출함으로 한결 편해지게 될 거야. 경험자의 말이니 믿어도 좋아."

별다른 답 없이 가만히 자신을 바라보는 건을 한참 지켜보던 그가 맥주 캔 하나를 들고 문 쪽으로 걸어갔다.

"남은 맥주 잘 마시라고. 내일 아침에 보자."

카를로스가 나간 호텔 방의 소파에 혼자 남겨진 건이 그 후로도 오랫동안 창밖을 바라보고 있었다.

♪♫♩

다음 날.

아침을 먹기 위해 방을 나선 케빈의 눈에 건의 방 앞에 서서 머리를 벅벅 긁고 있는 병준이 보였다.

뭘 고민하는지 까치집이 된 머리를 털어대며 방문 앞을 오가는 병준에게 다가간 케빈이 물었다.

"뭐 하세요?"

"아씨! 깜짝이야!"

화들짝 놀란 병준이 케빈을 노려보다가 다시 복잡한 눈으로 건의 방문을 보았다.

"휴, 깨워야 하는데…… 또 밤새 슬퍼하다가 늦게 잤을까 봐 미안해서 깨우기가 좀 그래요."

케빈이 닫힌 건의 방문을 가리키며 얼빠진 표정을 지었다.

"케이한테 무슨 일 있어요? 사실 분위기가 좀 이상하긴 했는데."

병준이 한숨을 푹 쉰 후 고개를 저었다.

"그냥 개인적인 일이라 몰라도 됩니다. 아, 시간 별로 없는데 어쩌지……."

케빈이 손목시계를 힐끔 본 후 말했다.

"아직 식사할 시간 정도는 있는데 좀 더 자게 두지 그러세요."

"노래해야 할 놈이 밥도 안 먹고 무슨 노래를 합니까? 밥 안 먹고 노래하면 확 티 나요, 어떻게든 밥을 먹이고 이동해야 할 텐데 큰일이네……."

"밥 먹으러 가요."

"어, 그래. 어어어?"

뒤에서 들리는 목소리에 반사적으로 대답부터 했던 병준이 놀란 눈으로 고개를 획 돌렸다.

열린 방문 앞에 이미 옷을 다 입고 서 있는 건이 웃으며 병준의 어깨를 툭툭 쳤다.

"밥 먹어요. 공연 시간 늦어요."

"어? 어, 어어. 아, 알았어! 가자!"

기쁜 표정을 짓는 병준과 달리 얼빠진 표정을 짓고 있던 케빈의 목에 팔을 감아올린 건이 씨익 웃음을 지었다가 다시 표정을 굳히며 정면을 노려 보았다.

건의 힘에 의해 끌려가던 케빈이 소리를 질렀다.

"야야, 이거 놓고 가자. 허리 아프다고!"

건이 케빈의 목을 더욱 죄며 웃었다.

"얼른 밥 먹고, 즐기러 가자고!"

아침 식사를 하고 호텔 로비의 카페에 모여 있던 일행들이 마지막으로 내려온 건의 눈치를 보았다.

건이 아무렇지 않은 표정으로 빠른 걸음으로 다가와 미안한 어조로 말했다.

"제가 제일 늦었나 보네요, 죄송해요."

병준이 아니라는 듯 손을 휘휘 저으며 말했다.

"아냐, 아냐. 이제 출발할까?"

카를로스가 일어나며 건을 힐끔 보았다. 어제보다 훨씬 나아진 건의 얼굴을 본 그가 이를 드러내고 웃으며 손을 내밀었다.

"자, 손 모으고!"

익숙한 듯 호세가 가장 먼저 카를로스의 손 위에 자신의 손을 올리자 케빈도 따라 손을 올렸다. 건이 마지막으로 손을 올리자 카를로스가 옆에 서 있던 병준과 린에게 고갯짓하며 말했다.

"같이해야죠?"

병준과 린이 웃으며 함께 손을 올리자 카를로스가 손을 위로 번쩍 들며 외쳤다.

"Go For It!"

"하아!"

모두 함께 손을 들어 올린 일행들이 웃으며 짐을 챙겨 차에 몸을 실었다.

오 분가량 달린 차가 멈추자 멀리서 벌써 음악 소리가 들려왔다.

케빈이 큰 건물의 입구에 바글바글한 사람들이 보이자 엉덩이를 들썩대며 신난 표정으로 병준에게 고개를 돌렸다.

"낮 공연이네요. 여긴 어디예요? 그러고 보니 공연해야 할 곳을 미리 가보지도 못했네요."

병준이 밖의 상황을 지켜본 후 말했다.

"리버풀 원 쇼핑센터예요. 규모가 큰 쇼핑센터이고, 공연장은 야외입니다. 걱정은 하지 말아요, 린 이사님이 미리 동선 체크를 끝내 두셨고, 사운드도 모두 체크해 두셨으니까. 그나저나 직원은 왜 안 나와?"

인상을 쓰며 창문에 붙어 있는 병준을 본 호세가 물었다.

"무슨 직원이요? 그냥 들어가면 되는 거 아니에요?"

병준이 대기하라는 듯한 손을 들며 말했다.

"몬타나가 인디 밴드도 아니고, 저 많은 사람들 속을 어떻게 걸어가요? 직원이 통제해 준다고 했으니 무대 앞까지 바로 차로 이동하면 됩니다."

잠시 후 병준과 반대편 창문을 두드리는 소리가 들렸다. 일행들의 시선이 창문 밖에 서서 창을 두드리는 남자에게 집중되자 병준이 몸을 내밀며 반대쪽으로 오라는 제스쳐를 보냈다.

남자가 차를 돌아 병준이 앉은 자리로 다가오자 창문을 연 병준이 말했다.

"리버풀 사운드 시티 관계자세요?"

붉은 모자를 쓴 직원이 창문 안을 힐끔거리며 말했다.

"네, 맞습니다. 늦어서 죄송해요, 팡타지오 차량인 것은 확인했고, 몬타나 멤버들은 모두 잘 도착하신 건가요?"

"네, 모두 있습니다."

직원이 창문 안을 살피며 조심스럽게 물었다.

"저…… 케이는…….."

건이 병준의 앞자리에 있다가 몸을 뒤로 젖히며 얼굴을 내밀었다.

"여기 있어요."

"헉!"

직원이 바로 옆에서 얼굴을 들이미는 건을 보고 놀라 물러났다가 손을 내밀었다.

"이거 영광입니다! 케이를 이렇게 가까이서 보다니! 아르바이트 자리를 제대로 구했네요, 하하!"

건이 웃으며 악수를 해주자 왕의 손이라도 잡아본 듯 감동하던 직원이 소리쳤다.

"감사합니다! 그럼 안전하게 무대 앞까지 이동하실 수 있도록 도와드리겠습니다!"

차 앞으로 간 직원이 호루라기를 불며 공연장으로 이동하거나 쇼핑을 즐기는 사람들에게 소리쳤다.

"잠시 지나가겠습니다! 비켜주세요!"

시끄러운 호루라기 소리에 뒤를 돌아본 사람들이 팡타지오의 로고가 박힌 차를 보자 손가락질을 하며 소리쳤다.

"몬타나다!"

"몬타나가 왔어! 진짜 왔어!"

"꺄악! 케이는? 케이는!"

"몰라, 차 윈도우 틴트가 너무 짙어서 안이 안 보여!"

"두들겨 봐봐!"

사람들이 천천히 지나가는 차의 창문을 두들기거나 손을 모으고 창문에 눈을 가져다 대며 발을 동동 굴렸다.

이런 광경을 처음 보는 케빈이 신기한 눈으로 사람들을 두리번거리고 있었지만, 나머지 일행들은 자주 겪는 일이라 태연한 얼굴로 사람들의 모습을 그저 바라보고 있었다.

건 역시 사람들이 소리치며 열광하는 모습을 그저 바라보고 있다가 문득 나직하게 중얼거렸다.

"이 사람들은 우리 음악을 즐기러 왔겠지?"

케빈이 창문을 두들겨대는 사람들의 소리 때문에 잘 들리지 않았는지 귀를 들이대며 소리쳤다.

"뭐라고? 크게 말해봐."

케빈이 소리를 지르자 옆에 있던 카를로스도 건을 보았다.

잠시 답이 없던 건이 카를로스에게로 고개를 돌렸다. 그의 눈을 바라보던 건이 입을 열었다.

"이 사람들은 우리 음악을 즐기러 왔겠죠? 또 우리의 무대를 함께 즐기러 왔겠죠?"

카를로스가 한참 건을 바라보다 씨익 웃으며 고개를 끄덕였다. 그의 확답을 받은 건의 얼굴에 서서히 미소가 퍼졌다.

무슨 말을 하는 것인지 몰랐던 케빈만이 얼빠진 표정을 지으며 자신의 양옆에 앉아 서로를 바라보며 웃는 두 사람을 번갈아 보았다.

건이 허리를 숙이고 자리에서 일어나자 뒷자리에 있던 병준이 물었다.

"뭐하게? 위험해, 앉아."

들은 척도 하지 않은 건이 웃으며 선루프를 열어젖히자 밖에서 고함을 지르는 사람들의 환호가 차 속으로 쏟아져 들어왔다.

승합차라 사람들이 차 위로 기어 올라오지는 못할 것이라 생각했던 건이 웃으며 카를로스와 케빈을 보았다.

"같이 즐겨요."

그들의 답은 필요치 않았는지 바로 선루프를 통해 차 밖으로 몸을 빼낸 건이 모습을 드러내자 차 주위에 있던 수백의 사람들이 손을 높이 들며 환호했다.

"케이다!"

"꺄아아악! 케이!"

"사랑해요! 진짜 잘 생겼어요!"

건이 차 지붕 위로 모습을 드러내자 그의 모습을 보기 위함이었는지 차 창문에 붙어 있던 사람들이 오히려 몇 걸음씩 물러났다. 차에 딱 붙어 있으면 지붕 위의 건이 보이지 않았기 때문이다.

걱정과 달리 오히려 차량 진입이 원활해진 것을 본 병준은 쉽게 마음을 놓지 않고 매의 눈으로 차 주위를 훑어보았지만, 딱히 위험한 행동을 하는 사람들은 없는 것을 보고 안도의 한숨을 쉬다가 표정을 일그러뜨렸다.

"으이구, 저놈의 자식 하여간!"

상체를 내밀고 마구 손을 흔들고 있던 건의 하체가 어느 순간 사라졌다.

얼빠진 눈으로 멍하게 그것을 보고 있던 병준이 상체를 내밀며 선루프를 향해 고개를 내밀고 소리쳤다.

"야 이놈아! 차 위로 올라가면 위험해!"

밖에 있던 사람들이 차 위로 기어 올라오는 건을 향해 더 큰 환호를 보냈다.

"케이! 케이! 케이! 케이! 케이!"

모르는 사람들이 어깨동무를 하며 건의 이름을 외치기 시작하자 건이 지붕 위에서 발을 굴렀다.

11인승 차량이라 공간이 충분했던지 지붕 위를 뛰어다니는 건을 본 병준이 운전기사에게 소리를 질렀다.

"저, 저! 천천히 운전해 주세요!"

운전을 하고 있던 직원이 웃으며 뒤를 돌아보았다.

"어차피 지금도 천천히 가고 있지 않습니까, 사람들 헤치고 가는데 빨리 갈 수 있을 리가 없지요, 허허"

병준이 골치가 아픈 듯 지끈대는 머리를 감싸 쥐며 뚫린 선루프를 보았다.

"아이고, 저놈의 자식 진짜! 야! 위험하다고!"

건이 발을 구르느라 쿵쿵거리는 천장을 보고 있던 카를로스의 입가에 웃음이 번지더니 갑자기 몸을 벌떡 일으켜 세웠다. 선루프 밖으로 얼굴을 내민 카를로스가 어느 순간 건을 따라 지붕 위에 올라서자 어깨동무를 하며 방방 뛰던 사람들이 외쳤다.

"몬타나! 몬타나! 몬타나! 몬타나!"

카를로스가 웃으며 손을 흔들어주다가 신나는 표정으로 차 위에서 점프하고 있는 건의 어깨에 손을 올렸다. 사람들이 꽉 들어찬 쇼핑센터에 천천히 이동하는 차 위에서 두 남자의 시선이 얽혔다.

한껏 웃음을 지은 건이 카를로스의 어깨에 마주 손을 올리며 외쳤다.

"안녕하세요, 리버풀!"

"꺄아아아아아아아아아!"

"케이! 케이! 케이! 케이! 케이!"

건이 웃음을 지으며 카를로스를 돌아봤다.

"뛰어요, 카를로스!"

건이 그의 어깨동무를 하며 뛰기 시작하자 차를 따라오던 수천 명의 사람이 함께 뛰며 발을 굴렀다.

쿵 쿵 쿵 쿵.

심장이 뛰는 소리와 같이 땅을 울리는 수천 명의 발소리와 그들이 질러대는 함성이 리버풀을 울렸다. 멀리서 다른 밴드의 공연을 보거나 쇼핑을 하던 사람들이 무슨 일인지 확인하려고 고개를 내밀었다가 차 위에서 점프를 하고 있는 건과 카를로스를 확인하고는 아우성치며 뛰어나왔다.

"으아아아아! 몬타나다! 케이다!"

"꺄악! 진짜 왔어!"

건과 카를로스가 충분히 자신을 드러내자 오히려 차량 진입이 쉽도록 길을 터주며 차를 따라오던 팬들의 얼굴에 기대감과 행복감이 떠올랐다.

흥분에 차 아우성치는 남자들과 건의 얼굴에서 눈을 떼지 못하고 입을 막은 채 따라오는 여자들을 보던 건이 카를로스의 어깨동무를 한 채 하늘을 바라봤다.

그런 건의 옆모습을 보던 카를로스가 웃음을 지었다.

"즐겁나?"

하늘을 보며 웃던 건이 다시 고개를 숙인 후 카를로스를 보며 상큼한 윙크를 날렸다.

"아직이요, 즐거움의 끝은 무대 위에서. 오케이?"

"푸하하하! 좋아!"

잠시 후 차가 무대 앞에 도착했다. 여전히 차 지붕 위에 있던 건의 눈에 이전 무대를 마치고 악기를 챙기고 있는 이름 없는 뮤지션들이 멍한 표정으로 자신을 보고 있는 것이 보이자 차 지붕에서 뛰어내린 건이 무대 위로 올라갔다.

악기를 챙기던 모습 그대로 굳어버린 인디 뮤지션에게 손을 내민 건이 웃으며 말했다.

"무대, 이어받을게요."

잠시 건의 손을 멍하게 바라보던 뮤지션의 입가에 미소가 번졌다. 한껏 웃음을 지은 그가 힘껏 건의 손에 하이파이브를 하며 외쳤다.

"넘겨 드렸습니다!"

"하하! 좋아요!"

차에서 낑낑거리며 악기들을 내리고 있는 멤버들과 그들을 돕는 스탭들을 바라본 건이 빨리 시작하자는 듯 손짓하며 소리쳤다.

"빨리, 빨리!"

병준이 호세의 베이스 드럼을 들고 옮기며 얼굴을 붉히며 소리쳤다.

"노래만 하느라 기타도 안 가져온 놈아! 이거나 좀 도와주고 말해!"

메이저 뮤지션에게 짐을 옮기게 하는 것은 말도 안 된다고 생각한 리버풀 사운드 시티의 직원들이 우르르 달려들어 그들의 짐을 받았다.

그제야 숨을 돌린 병준이 위험한 행동을 한 건에게 한마디 하려다가 밝은 표정으로 무대에 자리 잡는 사람들에게 손을 흔들며 벌써 함께 호흡하고 있는 건의 모습을 보고는 피식 웃었다.

허리춤에 손을 올리고 건을 지켜보는 병준의 옆에 선 카를로스가 함께 건을 보며 말했다.

"무대를 즐기려는 준비가 되었군요."

병준이 눈썹을 꿈틀하며 카를로스의 옆모습을 보았다가 다시 웃음을 지으며 고개를 끄덕였다.

"음, 나쁘지 않네요. 하하."

케빈이 호세를 도와 빠르게 드럼을 설치한 후 베이스 기타를 연결하고 음향을 점검했다.

마지막으로 무대에 올라온 카를로스가 악기의 연결을 끝내는 것을 기다리던 건이 멤버들이 자신과 눈을 마주치며 고개를 끄덕여 준비를 마쳤음을 알리자 씨익 웃으며 마이크 스탠드에 손을 올렸다.

무대가 시작될 것을 직감한 팬들이 소리를 지르다가 마이크 위에 손을 올리고 조용히 기다리는 건의 모습을 보고 서서히 잠잠해졌다.

어느새 고요해진 쇼핑센터의 무대에서 자신을 기다리는 팬들을 훑어본 건이 정면을 노려보며 외쳤다.

"간다! Second Fury!"

건의 외침과 동시에 자세를 한껏 낮춘 케빈의 베이스가 발톱을 드러냈다. 묵직한 베이스 음이 빠르게 리드미컬한 음을 연주하기 시작하고, 높은 산 정상 위로 올라가는 거대한 대호의 발걸음 소리가 공연장을 메우자, 사람들이 웅성거렸다.

"베이스 주자가 누구야?"

"나 알아! 앨범 샀는데 케빈이라고 쓰여 있었어!"

"케빈? 처음 들어보는 이름이지만, 실력 결딴 나는데? 이 그루브감 느껴져?"

"톤도 대박이야, 어떤 픽업을 쓰는 걸까?"

"앨범 표지에 나온 호랑이가 연상되는 건 왜지? 베이스 기타 소리에 호랑이를 연상해 보는 건 처음이네."

"이 곡 누가 만든 거야? 몬타나? 케이?"

"앨범 못 봤어? 아, 넌 매진이라 못 샀지? 푸하하."

"이씨! 예약 주문해 놨다고!"

"잠깐, 잠깐! 그런데 좀 이상하지 않아?"

"뭐가?"

"앨범 사고 수백 번은 들었는데 전주가 좀 다른 것 같은데?"

"어? 그러네! 좀 다르다, 라이브라 그런가?"

"몰라! 그런 거 알아서 뭐해! 베이스 소리만으로 심장이 터질 것 같아!"

사람들이 흥분하기 시작하자 호세의 드럼이 거세게 울렸다.

쾅쾅!

기존 앨범과 다르게 크게 스네어와 베이스 탐탐을 두 번 두들긴 호세가 고개를 숙이고 점점 빠르게 양손을 움직이며 고조되는 전장의 느낌을 전하자 관객들이 발을 구르기 시작했다.

호세의 드럼이 빨라짐에 따라 점점 빠르게 발을 구르던 관객들이 종국에는 양발을 빠르게 구르며 뛰는 듯 박자를 맞추며 소리를 질렀다.

"으아아아아! 죽인다!"

"코카인을 한 사발은 들이켠 기분이야! 끄아악!"

"아아악! 최고야!"

카를로스가 앞으로 한 발짝 걸어 나오며 앰프 위에 한쪽 발을 올리고 관객들을 보며 씩 웃었다.

관객들의 눈에 산 정상에서 고고하게 아래를 내려다보던 호랑이가 고개를 들자 구름 사이로 거대한 머리를 내미는 용의 환상이 보였다.

카를로스의 기타가 날카로운 리프를 토해내자 용이 그 입에서 불을 뿜고 먹구름이 잔뜩 낀 하늘 위에서 내리치는 번개 사이를 날아다니는 듯했다.

소리를 지르며 환호하던 관객들이 발을 구르던 것을 멈추고 카를로스와 케빈의 치열한 격투를 보고 입을 벌렸다.

"뭐, 뭐야! 앨범보다 더하잖아!"

"이, 이렇게 전투적이라니! 이런 연주라니! 말도 안 돼!"

"케이는 진짜 천재야! 천재가 아니라면 이런 음악이 나올 수 없어! 으아아악!"

"나 팔뚝에 소름 돋은 거 보여? 이거 봐!"

"아씨, 치워! 안 보여!"

불을 뿜는 용이 절벽 위에 서 있는 호랑이를 향해 불을 내뿜자 앞발을 든 호랑이가 피가 뚝뚝 떨어질 것 같은 붉은 입을 벌리고 날카로운 발톱을 휘둘러 불길을 갈라 버렸다.

호랑이가 절벽에서 뛰어올라 용의 꼬리를 물어뜯으려 하자 부드럽게 피한 용이 다시 긴 송곳니를 드러내며 눈을 부릅떴다. 두 괴수가 공중에서 서로를 찢어발기려는 눈빛을 충돌시키고 있을 때 건이 몸을 뒤로 젖히며 포효를 내질렀다.

"크아아아아아아아아아아!"

"꺄아아악!"

"소름!"

"으아아! 나 진짜 흥분돼서 미칠 것 같아!"

건의 포효와 함께 대부분의 관객들이 몸에 소름이 돋았는지 자신의 팔을 들여다보거나 몸을 움츠렸다.

앨범의 정식 버전보다 더 오랜 시간 포효를 내지르며 하늘로 고개를 들고 있던 건의 고함이 멈추자 일순간 모든 연주가 멈췄다.

갑자기 멈춘 연주에 흥분하던 사람들의 몸이 그대로 굳고 수천 명이 구경하고 있던 리버풀 원 쇼핑센터에 침묵이 내려앉았다.

천천히 고개를 내린 건이 마이크 스탠드에 손을 올리고 굵고 낮은 목소리로 말했다.

"나는 분노하기에 존재한다. 간다! Fury!"

건의 외침과 함께 베이스와 기타, 드럼의 연주가 한꺼번에 시작되자 사람들이 공중에 몸을 띄우며 소리를 질렀다.

"으아아아악!"

마이크 스탠드를 옆으로 눕힌 건이 관객들을 노려보며 소리를 토해냈다.

계산된 방출.

분노의 부담이라는 무거운 짐을.

벗기 위해 그것을 철저히 방임한다.

분노의 분출을 용인하고, 막연하지만 감지할 수 있을 만큼의 압박.

막혀 있던 둑이 터진다, 정화의 과정.

관객들은 흥분된 마음에 점프를 하며 소리를 질러대고 있었지만, 일부 전문적인 수준까지 음악을 듣는 이들은 곧 Fury의 가사가 완전히 달라졌음을 눈치채고 귀를 기울였다.

"뭐야, 가사가 다르다!"

"새로운 가사인가?"

건의 굵고 낮은 목소리가 용과 호랑이 양쪽을 찢어발기려는 군대로 변해 전진했다.

분노가 향할 대상.

분노가 맹목적으로 겨누는 대상.

소리 없이 지나가게 하는 분출.

격정적인 분노가 자신을 잊거나 완화한다.

창공을 누비며 서로를 물어뜯고 있던 용과 호랑이가 동시에 땅을 내려다보았다. 수만의 군대 맨 앞에 서 있던 장수가 얼굴을 가린 투구 가리개 사이로 들어난 붉은 눈을 번들거리며 검을 들어 올렸다. 양쪽 모두를 찢어발기겠다는 듯 고함을 내지르는 장수의 옆으로 수만의 군대가 창을 들고 뛰쳐나갔다.

고통! 마음속에 분노와 미움으로 인한 고통!

격노! 마음속에 분노와 미움으로 인한 격노!

증오! 마음속에 분노와 미움으로 인한 증오!

"으아아악 미치겠다!"

"고통! 마음속에 분노와 미움으로 인한 고통!"

사람들이 달라진 노래에 클라이맥스 부분을 미처 따라 부르지 못하고 뒤늦게 외쳤다. 한겨울에도 땀을 흘리며 자리에서 뛰던 사람들이 외투를 벗기 시작했다. 어떤 남자는 상의를 모두 벗어 손으로 휘두르기 시작했고, 어떤 여인은 속옷만 남기고 상의를 벗고 방방 뛰었다.

충혈된 눈으로 사람들을 바라보던 건의 손이 들리고 일순간 그가 주먹을 꽉 쥐자 다시 연주가 멈췄다. 뛰던 사람들이 놀라 무대를 보자 씩 웃은 건이 공중으로 뛰어올랐다.

다른 멤버들도 건의 점프와 맞추어 무대 위에서 뛰어올랐다가 바닥에 착지하는 순간 다시 엄청난 사운드가 터져 나왔다.

"끄아아악! 엄청 멋지다! 으와와와!"

"와나 진짜 이거 보러 안 왔으면 평생 후회했겠네! 제기랄! 엄청나잖아!"

Verse 1이 끝나자 갑자기 박자가 바뀌며 드럼과 베이스가 리드미컬한 연주를 시작했고, 카를로스의 리프 역시 클럽 비트와 같이 변하자 마이크 스탠드를 놓은 건이 무대 중앙에 서서 간단한 스텝을 밟으며 춤을 추기 시작했다.

잘 춘다고 할 수 없었지만 탁월한 박자 감각으로 박자를 맞추며 몸을 흔드는 건을 본 관객들이 각자 리드미컬한 연주에 맞추어 춤을 추기 시작했다. 수천의 관중이 물결을 이루며 춤을 추기 시작하자 리버풀 원 쇼핑센터의 무대는 장관을 이루었다.

건의 차를 안내해 준 직원이 뒤쪽에서 춤추는 사람들을 멍하니 보며 중얼거렸다.

"리버풀 사운드 시티 공연 중에 이런 반응이 있었나……?"

영국의 도도한 관객들은 '어디 한번 해봐'라는 자세로 음악을 듣는다. 좋은 음악에 충분한 환호를 해주는 매너 있는 관객들이었지만, 기본적으로 상대에게 '너는 영국 록에 미치지 못해'라는 마음을 깔고 가는 그들이 이렇듯 진심을 다해 무대를 즐기는 모습은 쉽게 볼 수 있는 모습들이 아니었다.

직원이 고개를 들자 쇼핑센터의 고층에 올라가 무대를 보던 관객들이 창문에서, 옥상에서 함께 몸을 들썩이며 춤을 추고 있는 것이 보였다.

"어…… 그런데 저 카메라들은 뭐지?"

그의 눈에 쇼핑센터 창문과 옥상, 무대 양옆에서 춤을 추는 사람들과 무대 위를 찍고 있는 스무 명가량의 카메라맨들이 보였다. 그들도 신이 나는지 연신 웃으며 영상을 찍고 있었지만 다들 프로들인지 카메라를 고정한 몸을 들썩이지는 않아 금방 눈에 띄었다.

"촬영한다는 말이 있었던가? 어디서 나온 사람들이지?"

의문스러운 그의 눈에 카메라맨의 옆에서 팔짱을 끼고 냉정을 유지하며 지시하고 있는 손린이 들어왔다.

"무대 전체가 들어와야 합니다. 이 분위기가 모두 전달되어야 해요! 계속 움직여요! 움직이면서 역동적으로 촬영하세요!"

린의 지시를 들은 카메라맨들이 카메라를 높이 들고 춤추는 사람들의 모습을 담아냈다. 카메라맨 한 명이 미리 숙지한 타이밍에 무대 위로 카메라 앵글을 돌리자 충혈된 눈으로 춤추는 사람들을 노려보는 건이 마이크 스탠드에 손을 올리고 굵은 목소리를 토해냈다.

나는 결국 죽는다.
병들어 힘든 몸으로 싸우다 결국은 죽는다.
공허한 세상에서 더 소유하기 위하여.
싸우는 것은 무슨 의미인가?
결국 아무것도 소유하지 못하고 죽을 뿐인데.
소유로는 이룰 수 없는 행복 앞에 울고 분노한다.
소유에 집착하는 덧없는 발버둥에 아파한다.
결코 다르게 될 수 없는 잔혹한 현실 앞에 울며 분노한다.
울분과 분노가 나를 생각하게 한다.

다시 건이 공중으로 날아오르자 몬타나 멤버들이 일제히 공중에 날아올랐다. 미리 한번 본 동작이라 그런지 수천 명의 팬이 한꺼번에 공중으로 날아올랐다. 수천이 한꺼번에 바닥에 착지하는 동시에 건의 목소리와 함께 수천의 목소리가 리퍼풀 시를 쩌렁쩌렁하게 울렸다.

고통! 마음속에 분노와 미움으로 인한 고통!

격노! 마음속에 분노와 미움으로 인한 격노!

증오! 마음속에 분노와 미움으로 인한 증오!

수천이 동시에 내지르는 고함 소리에 마음이 뻥 뚫리는 것을 느낀 케빈이 한껏 웃음을 지었다. 땀을 줄줄 흘리며 연주하고 있는 카를로스도 이러한 경험은 처음이었는지 연신 팬들의 반응에 놀라운 표정을 지었다.

고개를 숙이고 연주하고 있던 호세는 힘들지도 않은지 온몸을 이용해 드럼을 두들겨대고, 사람들은 그것을 보고 더 신나게 몸을 굴렸다.

점프를 하며 사람들과 호흡하던 건이 조금 흐린 리버풀의 하늘을 보았다. 멀리 구름 사이에서 남은 토해내다 남은 불길을 들이마시던 용이 거대한 모습을 감추고, 피투성이가 된 호랑이가 입에서 피를 흘리며 하늘을 노려보고 있었다. 혼자 남아 전장에 선 장수가 하늘을 향해 승리의 포효를 질렀다.

"아아아아아아아아아아!"

건이 소리치자 수천 명의 관객이 손을 하늘 높이 들며 함께 고함을 질렀다.

"으아아아아아아악!"

"최고야! 최고야! 완전 소름!"

"으하하하! 으하하하! 오길 잘했다! 신난다! 으하하!"

"진짜! 케이가 원래 이런 음악 하던 사람이 아니었는데! 대박! 대박! 도대체 못 하는 장르가 뭐야!"

"맞아! 힙합도 하고, 오케스타라에 오페라에! 진짜 희대의 천재야! 빨리 졸업하고 음악만 하기를!"

"아악! 케이! 케이! 케이! 케이!"

호세의 드럼이 전장이 끝난 허무함을 알리며 후퇴의 북소리를 울렸지만, 여전히 점프하며 몸을 구르던 관객들은 흥분이 멈춰지지 않는지 소리를 질러댔다. 음악이 완전히 멈췄지만, 아직도 자신들의 귀에는 음악이 들리는지 춤사위를 멈추지 않는 관객들을 내려다보던 건이 마이크 스탠드에 손을 올리고 고개를 숙이자 땀으로 목욕을 한 카를로스가 건의 등을 툭 치며 웃었다.

"어때?"

고개를 숙였던 건의 고개가 돌려지자 밝은 얼굴의 건이 이를 드러내는 것이 보였다.

"시원해요! 하하하!"

카를로스가 다시 한번 건의 등을 세게 내려치며 말했다.

"그래! 그거야! 뮤지션이라면 음악으로 자신의 감정에 대해 표현하고, 그것 자체를 즐기는 거야!"

건이 아직도 춤을 멈추지 않고 있는 관객들을 바라보다가 양팔을 벌리고 하늘을 보며 크게 웃었다.

"하하하하하!"

몬타나의 공연은 무대를 보고, 사진이나 짧은 영상을 남긴 사람들로 인해 SNS로 퍼져나갔다. 당일 공연 직후부터 퍼져나가기 시작한 SNS는 수많은 사람을 열광하게 하였고, 그들의 발길을 리버풀로 향하게 했다. 몬타나가 삼 일간 다른 곳에서 공연한다는 것은 리버풀 사운드 시티 시작 전부터 대대적으로 광고를 했기에 팬들은 홈페이지를 확인 후 공연장으로 이동했다.

그리고, 그날 오후 린이 빠르게 편집한 공연 영상이 유튜브에 공개되며 그 파급력은 폭발하는 활화산처럼 터져 나갔다. 공연 영상의 조회 수는 다섯 시간 만에 천만이 넘어갔고, 그 두 배가 넘는 댓글, 트윗이 인터넷 세상을 날아다녔다.

특히 리버풀 사운드 시티에 참여했던 다른 뮤지션들이 짧은 공연 영상과 함께 극찬을 남기자 뮤지션들이 소속된 국가의 팬들도 큰 관심을 보였다.

엄청난 화제를 일으킨 공연은 그 날 저녁 영국의 뉴스 채널에서까지 특별 방송이 편성될 지경이었다. 영국 채널 5의 저녁 8시 뉴스, 풍만한 몸매를 가진 중년의 여 아나운서가 상기된 표정으로 카메라 앞에 섰다. 그녀의 뒤에는 대형 TV가 설치되어 있었다.

♪♪♩

긴 아나운서 석 한켠에 노먼 레브레히트가 회색 정장을 입고 만면에 웃음을 지은 채 앉아 있었다. 여 아나운서가 카메라 위에 'On Air' 표기가 뜨자 웃으며 인사했다.

"안녕하세요, 채널 5 시청자 여러분. Channel 5 News Center의 그레이스 콘타 입니다, 첫 번째 뉴스로 오늘부터 시작한 리버풀 사운드 시티에 대한 뉴스를 전달 드리겠습니다."

그레이스가 손을 노먼 쪽으로 내뻗으며 말했다.

"진행에 앞서 영국의 낳은 세계적인 음악 평론가 노먼 레브레히트 씨를 소개합니다. 안녕하세요, 노먼?"

노먼이 몸을 살짝 앞으로 내밀며 작게 고개를 끄덕였다.

"반갑습니다, 그레이스. 오랜만이네요."

"네, 오랜만에 뵙습니다. 채널 5 시청자 여러분께 인사 부탁드려요."

"안녕하세요, 시청자 여러분. 음악 평론가 노먼 레브레히트 입니다."

카메라가 노먼의 원샷을 잡아주다가 그레이스와의 투샷으로 바뀌자 그레이스가 자신의 뒤에 있는 대형 화면에 떠 있는 리버풀 사운드 시티 로고를 돌아보며 말했다.

"리버풀 사운드 시티는 2008년도부터 시작된 도시 전체, 아니, 세계 뮤지션들의 축제로 각광받고 있는 영국의 자랑입니다. 인디 음악을 하는 각국의 뮤지션들이 참여하여 음악의 다양성을 즐기는 문화를 이어 가고 있는 음악 축제입니다만, 오늘 있었던 축제에는 평소의 축제 때와 다른 일이 있었다고 합니다. 보도에 조던 밀너 기자입니다."

대형 TV를 통해 화면이 흘러 나오자 그레이스가 놀란 어투로 말했다.

"아…… 이건 뭐죠?"

화면 속에 수천 명의 사람이 광란의 물결을 이루며 뛰고 있는 것이 헬기를 통한 공중 촬영의 화면으로 출력되었다. 촬영된 영상이 재생되며 남자 기자의 생기 있는 목소리가 터져 나왔다.

-금일 낮에 개최된 리버풀 원 쇼핑센터의 공연에서 몬타나의 공연이 화제가 되고 있습니다! 화면에서 보시는 바와 같이 수천 명의 관객이 하나가 되어 춤을 추고, 점프하는 등의 장관이 연출되었습니다. 더 놀라운 것은 이 광경이 단 하나의 곡인 몬타나의 'Fury'로 말미암은 것이라는 점인데요, 몬타나는 세 곡에서 네 곡 사이를 연주하는 다른 뮤지션들과 달리 단 한 곡의 연주만으로 이러한 광경을 연출해 냈습니다!

화면이 전환되며 건이 몸을 뒤로 젖히고 포효를 지르는 장면이 나왔다.

-크아아아아아아아!

화면을 보던 그레이스가 팔뚝에 돋은 소름을 화면에 보여주듯 내밀며 입을 동그랗게 내밀었다.

"와우! 케이네요!"

땀을 흘리며 눈을 부릅뜬 채 굵은 베이스 기타 줄을 끊어버릴 듯 플레이하고 있는 케빈을 본 그레이스가 물었다.

"이 사람이 몬타나의 새 멤버 케빈인가 보군요."

화면이 전환되며 평소 눈을 감고 필을 느끼며 연주하던 카를로스는 온데간데없고 다리를 크게 벌리고 한 발을 앰프 위에 올린 채 전투적인 연주를 하는 카를로스가 나오자 노먼까지 입을 벌렸다.

"카…… 카를로스 몬타나 라고……? 이게?"

고개를 깊게 숙이고 드럼을 찢을 듯 연주하는 호세의 모습까지 나온 후 화면은 공연이 끝나고도 흥분이 가라앉지 않아 춤을 추고 있는 관객들을 배경으로 한 조던 밀너 기자의 모습으로 바뀌었다.

흥분한 관객들의 그의 뒤에서 점프를 하며 외쳤다.

-케이! 케이! 케이! 케이! 케이! 케이! 케이! 케이!
-몬타나! 몬타나! 몬타나! 몬타나! 몬타나! 몬타나!

사람들에게 등을 떠밀리면서도 마이크를 놓지 않는 조던 밀너가 자신도 모르게 공연에 빠져들었는지 붉게 달아오른 얼굴로 외쳤다.

"몬타나의 공연이 끝난 직후 리버풀 원 쇼핑센터의 모습은 그야말로 광란! 축제 그 자체입니다!"

비록 화면으로 전달되는 현장이었지만 그 뜨거운 열기는 카메라를 뚫고 두 사람에게 그대로 전달되었다. 여전히 상기된 표정으로 마이크를 들고 있는 조던은 흥분을 이기지 못했는지 언성을 높였다.

-몬타나의 Fury는 리버풀 사운드 시티를 찾은 관광객들과 영국 현지 음악팬들에게 엄청난 충격을 주었습니다! 그리고 그 중심에 케이가 있었습니다!

화면이 전환되며 무대를 마치고 내려가던 케이가 다시 무대 위로 뛰어 올라와 사람들과 함께 점프를 하며 소리를 지르는 장면이 나오고, 뒤늦게 따라 올라온 몬타나 멤버들이 다시 한 번 즉흥 연주를 하는 모습이 짧게 나왔다.

다음 뮤지션이 대기하고 있었기에 오랜 시간 공연을 이어가지는 못했지만 한번 흥분한 관객들은 뒤에 모습을 드러낸 이름 없는 뮤지션에게도 큰 환호를 보내 주었다.

다시 화면이 전환되며 조던 밀너가 마이크를 들었다.

-케이는 이번 공연으로 세계에서 인정받은 뮤지션에서 도도한 영국의 록 팬들에게도 인정받는 뮤지션이 되었습니다! 그리고 팡타지오는 금일 밤 10시에 세계 모든 스트리밍 사이트에서 Fury를 공개할 것이라는 공지를 해 모든 이의 시선을 집중시키고 있습니다! 이상 Channel 5 News Center 조던 밀너였습니다!

마지막 인사를 한 조던이 마이크를 던지며 뒤에서 뛰고 있던 남자들의 어깨동무 행렬에 합류해 점프하는 장면을 끝으로 화면이 멈추었다.

멍한 표정으로 화면을 보며 말을 잇지 못하던 그레이스가 고함을 치는 PD의 음성을 이어셋으로 전달받은 후 화들짝 놀라며 정면을 보았다.

"아, 죄송합니다. 제가 잠시 정신을 놓았네요. 정말 대단한 공연입니다! 직접 가서 보지 못한 것이 후회될 정도네요. 안 그렇습니까, 노먼?"

아직도 사람들과 어깨동무를 하며 뛰고 있는 조던의 모습이 멈춰진 화면을 보고 있던 노먼이 고개를 돌리며 말했다.

"그렇습니다, 저는 내일 공연을 보러 가보려고 했는데, 이 모습을 보니 오늘 스케줄을 잡았던 잡지사에 항의하고 싶어질 지경이네요, 하하"

노먼의 가벼운 농담에 웃음을 지은 그레이스가 잠시 이어셋에서 흘러나오는 PD의 지시를 듣는 듯 귀에 손을 올렸다가 질문을 던졌다.

"지금 들어온 소식에 따르면 이번 공연에서 몬타나가 선보인 Fury는 정식 앨범의 Fury와 다르다고 합니다. 노먼은 알고 계셨나요?"

노먼이 턱을 긁으며 고개를 끄덕였다.

"미리 알지는 못했습니다만, 방송 시작 전 SNS를 통해 인지하였습니다. 연주부터 가사까지 전혀 다른 곡이라고 해도 무방한 곡이더군요."

그레이스가 눈을 빛내며 물었다.

"조던 밀너 기자에 따르면 금일 밤 10시에 스트리밍 사이트에 공개되는 Fury는 라이브 실황일 확률이 높을 텐데요, 그렇다면 정식 앨범의 Fury와 다른 곡이니, 현재 갑자기 치솟고 있는 CD 판매고는 그대로 유지될 확률이 높겠군요?"

노먼이 테이블을 가볍게 치며 말했다.

"그렇습니다! 그것이 케이의 소속사, 아니, 이제 몬타나의 소속사인 팡타지오의 힘이죠. 이건 천재라고 할 수밖에 없는 마케팅 수단입니다. 몬타나의 경우 Fury 앨범을 발표한 후에 팡타지오로 옮겼기 때문에 앨범 수익의 대부분은 원 소속사인 네팔렘 레코드로 가게 되겠지만요."

그레이스가 의외라는 듯 물었다.

"아, 그래요? 그렇다면 팡타지오가 굳이 라이브 실황을 스트리밍 서비스할 이유는 무엇입니까?"

"몇 가지 이유가 있습니다. 첫 번째로 Fury라는 앨범의 저작권은 네팔렘에 있습니다만, Fury 단 한 곡의 저작권은 케이에게 80% 지분으로 계약했다고 합니다. 그렇다면 이 곡만으로 발생하는 수익의 80%가 팡타지오의 몫으로 계산된다는 것이지요."

노먼이 목이 마르는지 물을 한 모금 마신 후 다시 말을 이었다.

"두 번째는 대기업인 스트리밍 서비스사와의 마찰을 줄이는 것입니다. Fury가 성공을 거두며 앨범 판매가 이미 사백만 장이 넘었습니다만, 아직 스트리밍 서비스를 하고 있지 않죠. 이것은 스트리밍 회사 차원에서는 큰 손해였기에 분명 압박을 했을 겁니다."

그레이스가 눈을 동그랗게 뜨며 물었다.

"압박을 하다니요? 저작권을 가진 자가 어떤 플랫폼에서 서비스할지를 결정하는 것 아니었나요?"

노먼이 고개를 절레절레 저으며 말했다.

"그것이 상식적인 것이긴 합니다만, 대기업의 횡포는 상상을 초월하니까요, 아, 물론 정확히 확인된 바는 아니니 사실로 받아들이지는 마세요. 몬타나에게 그런 일이 있었다고 말씀드리는 것이 아니라 일반적으로 이러한 현상이 나타날 때 스트리밍 회사가 가만히 있을 리 없다는 것을 말씀드리는 것입니다."

"그렇군요, 그럼 이번 라이브 실황이 스트리밍 서비스되며 그러한 갈등도 해소되겠군요?"

"네, 거기에 한 가지 더, 정식 앨범과 가사마저 다른 완전히 다른 음악이기에 정식 앨범을 구매한 팬들도 스트리밍 서비스의 음원을 구매할 확률이 매우 높다는 것입니다."

"네! 정말 들을수록 엄청나네요. 팡타지오의 능력은 언제 보아도 놀랍습니다."

그레이스가 다시 PD의 지시를 듣는지 이어셋에 손을 올렸다가 노먼에게 고개를 돌렸다.

"그럼 노먼. 기존의 Fury와 새로운 Fury에는 어떤 차이가 있나요?"

노먼이 카메라가 그레이스를 비추고 있는 짧은 틈에 달려와 자신에게 서류를 주고 간 스탭을 힐끔 본 후 다시 서류로 시선을 돌렸다.

잠시 서류를 훑어보던 노먼의 뒤 대형 TV 화면에 기존 Fury의 가사가 떠오르는 것을 본 그레이스가 서류 검토 중인 노먼에게 시간을 벌어주기 위해 일어나 가사를 가리키며 말했다.

"먼저 이 부분. '모든 아이의 이야기는 부모로부터 시작된다'라고 시작하는 가사도 달라져 버렸네요. 기존의 Fury는 부모 자격이 없는 요즘 부모들에게 일침을 가하고, 상처받은 채 자라는 아이들과 그러한 기억을 안고 살아온 성인들의 분노를 표출하는 음악에 가깝다는 것이 음악 평론가의 공통된 생각이었습니다."

그레이스가 서류를 다 보고 자신에게 고개를 돌리는 노먼을 보며 타이밍 좋게 물었다.

"그럼, 새로운 Fury는 어떤 곡인가요, 노먼?"

그레이스의 질문이 끝나자마자 대형 TV에 새로운 Fury의 가사가 떠올랐다. 잠시 그레이스와 함께 화면에 떠오른 가사를 보던 노먼이 크게 고개를 끄덕였다.

"발전했네요."

뜬금없는 노먼의 말에 당황한 그레이스가 반문했다.

"네? 노먼. 무슨 말이죠?"

노먼이 자리에서 일어나 대형 TV 앞에 서서 가사를 가리키며 말했다.

"첫 가사는 '나는 분노하기에 존재한다'로 시작합니다. 이것은 나라는 자아가 존재하는 이유를 분노로 특정했다는 상징적인 의미이며, 또 뒤의 전체적 가사가 분노의 표출을 통한 정화를 목표하고 있네요."

그의 설명이 조금 어려웠던지 식은땀을 흘린 그레이스가 말했다.

"시청자 여러분께서도 보시고 계시니 조금 쉽게 설명해 주시겠어요, 노먼?"

노먼이 화면을 직시하자 PD가 그의 얼굴 클로즈업하도록 지시했다.

화면 가득 노먼의 날카로운 시선이 잡히자 그가 말했다.

"첫 번째 Fury가 분노의 표출 대상으로 부모를 지칭하고 있었다면, 두 번째 Fury는 다릅니다."

그레이스가 다시 가사로 눈을 돌리며 물었다.

"두 번째 Fury는 자기 자신이 그 대상이 된 것인가요?"

노먼이 실소를 지은 후 등을 소파에 기대고 어깨를 으쓱했다.

"정말 희대의 천재를 보고 있는 것이라고밖에는 설명할 수 없군요, 케이는 두 번째 Fury에서 분노의 표출 방법을 원망에서 순수한 표출로 바꾼 것입니다. 분노의 표출 방법 중 가장 저급한 방법이 남에게로 향해지는 원망이죠. 언뜻 가사를 보면 스스로에 대한 분노를 말하고 있는 것 같지만 듣는 이들은 모두 느낄 것입니다. 이 음악을 듣고 나서 자신이 어떤 감정을 느끼게 되는지요."

그레이스가 고개를 갸웃하며 물었다.

"음…… 쉽게 설명해 주신 것이라고 생각되지 않는군요, 듣는 이들이 어떤 감정을 느끼게 될 것인지 설명 부탁드려도 될까요?"

그레이스의 말에 화면을 보며 뭔가 말하려던 노먼이 입을 벌리려 하다가 씨익 웃었다.

"제 말로 인해 선입견이 생기는 것을 원하지 않습니다. 듣는 분들이 직접 느껴보세요."

뉴스가 끝난 후 채널 5의 뉴스 센터의 홈페이지에는 노먼의 말로 인한 댓글들로 북새통을 이루었다.

PM 09 : 16 Dervalient 난 뭔지 알 것 같아! 매진이라 아직 정식 음반은 예약 구매를 걸어 놔서 듣지 못했지만, Fury를 듣고 흥분했던 마음이 진정되면 그다음 시원함이 밀려와! 너희들은 어때?

PM 09 : 18 TaylorMaid 동의해. 삼 일간 비우지 못한 장을 비운 기분이랄까?

PM 09 : 20 TomasC 더러운 예를 드는 건 케이에 대한 실례야. 하지만 무슨 뜻인지는 알겠어.

PM 09 : 22 Laddude 난 정식 음반 구매자야. 사실 난 그동안 집에 부모님이 계실 때 Fury를 큰 소리로 틀어놓지 못했어. 대놓고 부모 원망하는 가사였으니까, 하지만 Second Fury라고 불리는 라이브 영상은 정말 대단해! 엄마와 함께 테블릿 PC로 보고 우린 서로 소름이 끼쳤거든!

PM 09 : 27 LadyManifesto 뭐가 됐든 좋아, 더 발전했든 말든 난 그저 케이밖에 보이지 않아. 몇 년 전부터 내 눈엔 망할 케이만 보이고 있다고! 덕분에 남자도 못 사귀고 있어, 케이를 보고 있다가 소개팅에 나가면 남자가 오징어 괴물로 보이니까 말이야.

PM 09 : 30 Grumpa81 라이브 실황 스트리밍 30분 전이야! 난 한 시간 전부터 핸드폰만 붙잡고 있어, 아마 내 인생에서 가장 느리게 가는 한 시간이라고 생각해.

PM 09 : 55 Daghi 라이브 실황 공개 5분 전인데, 미리 올라왔어! 빨리 들어보자!

모든 유명 스트리밍 서비스사는 트래픽 관리를 위해 'Montana Live - Fury Liverpool Sound City'라는 음원을 사전 공지한 시간보다 몇 분 앞서 올렸지만, 미리 기다리고 있던 수억의 팬들이 동시에 접속하는 통에 원활한 서비스를 할 수 없었다. 결국 몇 번의 서버 점검을 진행하고, 거듭 사과 공지를 올린 스트리밍 서비스사들은 40분이 지나고 나서야 정상 서비스를 할 수 있었다.

세계의 유명 스트리밍 사이트에서 모두 실시간 1위를 찍은 팡타지오는 그야말로 축제 분위기였다.

영국과 중국의 시차 덕에 밤을 새우고 아침 녘에 되어야 퇴근하는 그들이었지만 엄청난 수익으로 돌아올 것을 알고 있었기에 모두 웃으며 유쾌한 피로감을 느꼈다.

♫♪♩

다음 날 오후.

전날 단 한 곡의 공연만을 했지만 엄청난 에너지의 발산으로 오후까지 잠에 빠졌던 케빈이 침대에서 좀비처럼 일어났다.

부스스한 얼굴로 커튼을 열고 드리워지는 태양 빛에 얼굴을 찌푸린 케빈이 세수를 하고 점심 식사를 하기 위해 호텔 레스토랑으로 향했다. 목이 늘어난 티셔츠에 보푸라기가 일어난 바지, 슬리퍼를 질질 끌며 엘리베이터를 기다리던 케빈이 까치집이 된 머리를 긁으며 도착한 엘리베이터에 타려는 순간 안에서 비명이 터져 나왔다.

"꺄아아악! 케빈이야!"

놀란 눈으로 그대로 몸을 멈추고 엘리베이터 안에서 소리를 질러대는 두 여자를 본 케빈이 얼빠진 얼굴로 자신을 가리켰다.

"저…… 저를 아세요?"

관광객으로 보이는 두 명의 여자가 호들갑을 떨며 외쳤다.

"그럼요! 몬타나의 베이시스트! 케빈이잖아요! 사인해 주세요!"

두 여자가 가지고 있던 수첩을 열어 사인을 요청하자 얼떨결에 사인을 해준 케빈이 멍한 표정으로 엘리베이터 안의 거울에 비친 자신의 모습을 보다가 화들짝 놀랐다.

"헉! 이 꼴로 나갈 순 없어! 죄, 죄송합니다. 먼저 내려가세요!"

닫히는 문에 팔을 끼워 멈춰 세운 케빈이 방으로 달려들어 갔다. 샤워를 하고 머리에 왁스까지 바른 후 검은 라이더 재킷에 새 블랙진을 꺼내 입은 케빈이 신발까지 워커로 갈아 신은 후 폼 잡고 식당으로 향했다.

식당에 들어서면서부터 식사를 하는 손님들의 시선을 받은 케빈이 식은땀을 흘렸다.

'옷 갈아입고 오길 잘했지, 그 꼴로 내려왔으면 엄청 창피할 뻔했어.'

뷔페식으로 제공되는 레스토랑의 식사를 하기 위해 접시를 들고 음식을 담은 케빈이 자신을 따라 이동하는 사람들의 시선이 어색했는지 로봇처럼 걸어 다녔다.

겨우 구석진 창가 자리에 앉은 케빈이 포크를 들자 여기저기서 찰칵찰칵하는 소리가 났다. 핸드폰을 들이밀고 식사를 하려는 자신의 사진을 찍어대는 사람들 덕에 밥이 입으로 들어가는지 코로 들어가는지 알 수 없었던 케빈은 소화불량에 걸릴 지경이었다.

　그때 식당 입구에서 큰 비명이 터져 나왔다.

　"으아아악! 케이야! 케이가 왔어!"

　"아악! 어디 어디!"

　"꺄악, 진짜 잘생겼어! 어떡해! 완전 반할 것 같아!"

　"케이! 여기 좀 봐 줘요! 케이! 케이!"

　아무렇지도 않게 바지 주머니에 손을 넣고 식당을 둘러보던 건이 멍한 표정으로 자신을 바라보고 있는 케빈을 발견하고는 손을 들며 다가왔다.

　"케빈, 일어났어?"

　걸어오는 동안에도 아우성치는 사람들에게 웃어주거나 손을 흔들어준 건이 케빈의 앞자리에 앉으며 말했다.

　"난 지금 일어났어. 넌 일찍 일어난 거야?"

　"어? 어…… 아니, 나도 좀 전에 일어났어."

　"그래, 어, 그거 아보카도 샌드위치네? 어디 있어?"

　"어…… 이거? 먹을래?"

　"좋지, 하나 줘봐."

케빈이 손으로 샌드위치를 들어 넘겨 주자 건이 입에 샌드위치를 넣었다.

여전히 주위에서 카메라 플래시가 터지고 있었지만 아무렇지도 않게 입안 가득 샌드위치를 넣고 씹고 있는 건을 물끄러미 보던 케빈이 주위를 두리번거리며 나직하게 물었다.

"저…… 넌 아무렇지 않아?"

볼 한가득 샌드위치를 넣은 채 열심히 씹고 있던 건이 무슨 말이냐는 듯 눈썹을 추켜 올리자 케빈이 다시 주위의 팬들을 보며 포크로 테이블을 살짝 찍었다.

"지금 레스토랑에 있는 몇십 명의 사람들이 전부 우릴 보고 있다고! 난 밥이 어디로 들어가는지도 모르겠는데, 넌 아무렇지 않아?"

건이 잠시 사람들을 바라보았다. 건이 자신들에게 고개를 돌리자 다시 한번 비명이 터져 나왔지만, 여전히 입에 넣은 샌드위치를 씹고 있던 건이 피식 웃었다.

"너 몬타나잖아. 앞으로 평생 이렇게 살아야 할걸?"

"헉, 평생?"

"응, 평생 이럴 거야. 그러니 익숙해지는 게 좋을 거야."

케빈이 나라 잃은 표정으로 주위를 둘러보았다.

"평생 밥 한번 편하게 못 먹게 되는 거야 나?"

"크크, 아니야. 곧 편해질 거야, 나도 처음엔 너처럼 신경 쓰였는데, 금방 익숙해지니 걱정 마."

"언제쯤 익숙해지는데?"

"글쎄, 딱 언제라고 말할 순 없지만, 어느 순간 신경 안 쓰이게 돼. 물론 귀찮음을 피하기 위해 얼굴을 가리고 다니긴 하지만 딱히 알아봐도 그냥 그러려니 하는 거지 뭐."

케빈이 부러운 눈으로 건을 보자, 건이 다시 케빈의 접시에서 샌드위치 하나를 집어 들며 말했다.

"어젠 뭐 했어?"

공연이 끝나고 난 후 바로 호텔 방으로 직행한 건은 밖으로 한 걸음도 나오지 않았기에 케빈에게 어제 일을 물었다.

"어제 공연 끝나고 호세랑 오늘 공연할 곳을 돌아보고 왔지."

"그랬어? 어디랬지, 무슨 공원이라고 했었는데."

"응, 세인트 존 가든스야. 고딕 양식으로 지어진 멋진 건물 앞 잔디밭이 공연장이래."

"오, 멋지겠다. 그리고?"

"그러고는 별일 없었어. 엄마한테 전화 왔다는 것 빼고는 별로…… 아!"

케빈이 잠시 생각에 잠겼다가 진중한 표정으로 말했다.

"있잖아, 엄마한테 어제 전화가 왔었는데 말이야. 공연 잘 봤다고 전화하신 건데 미국으로 돌아오면 가족끼리 같이 식사하자고 하더라고."

건이 일상적인 이야기라 대충 들어 넘기며 샌드위치를 먹었다.

"응, 그래서?"

케빈이 턱에 손을 괴고 포크로 샐러드를 뒤적이며 말했다.

"좀 이상한 게…… 원래 평소의 나였다면 가족 식사 자리에 안 가거든? 형들이나 엄마는 상관없지만, 아버지 얼굴을 보는 건 아직 껄끄러워서 말이야. 그런데……."

건이 샌드위치를 먹던 것을 멈추고 케빈을 보았다.

"그런데?"

케빈이 이상하다는 표정을 지으며 어깨를 으쓱했어.

"어젠 그냥 아무렇지도 않게 '네, 그래요'라고 대답해 버렸어. 전화 끊고 나서 내가 왜 그랬지 라고 생각해 봤거든? 근데 웃긴 건 딱히 거부감이 안 느껴진다는 거야. 벌써 10년 가까이 내외가 없던 아버지와의 식사 자리인데 말이야. 이상하지 않아?"

건이 싱글싱글 웃으며 케빈을 보았다. 자기 스스로가 이상하다고 생각한 케빈이 머리를 쥐어뜯는 것을 본 건의 미소가 더욱 짙어졌다.

"어우! 모르겠어, 내가 이상해진 건가!"

머리를 테이블에 찧어대는 케빈을 본 건의 눈빛이 깊어졌다.

'Second Fury에 실은 감정이 제대로 들어갔구나. 케빈 아마 너는 Fury를 연주할수록 네 안의 분노가 사라지는 것을 느끼게 될 거야. 건강한 분출을 통한 분노는 네 영혼을 맑게 할 테니까.'

건이 창밖으로 시선을 던졌다.

'물론 그건 내게도 해당하는 이야기겠지.'

건의 머릿속으로 자신의 청소년기의 기억이 흘러갔다. 아직은 마음속 응어리가 풀어지지 않았지만, 생각하는 것만으로 기분이 나빠졌던 예전과 달리 그저 담담히 옛 기억을 떠올려 보던 건이 아직도 테이블에 머리를 박고 있는 케빈을 보고 웃었다.

"푸하하, 그만해. 그러다 이마에 멍들겠다. 오늘도 공연해야 하는데."

공연 이야기가 나오자 머리를 번쩍 든 케빈이 핸드폰 카메라를 통해 이마를 비춰 보았다.

조금 빨개진 것 외에 멍이 들지는 않은 것을 확인한 케빈이 안도의 한숨을 쉬다가 건이 자리에서 일어나는 것을 보고 말했다.

"들어가게?"

"어, 공연 7시지? 몇 시에 출발한대?"

"가까운 곳이라 6시 20분쯤 나가면 된다더라, 로비에서 6시

15분까지 모이자고 하더라."

"응 알았어. 이따 봐."

"그 전까진 뭐하게?"

건이 미소를 지으며 주머니에서 전화기를 꺼내 손바닥 안에서 돌렸다.

"나도 오랜만에 집에 전화나 좀 해보려고."

♪♫

늦은 오후. 오늘은 공연이 끝나고 모두 함께 식사를 하기로 했기에, 공연 시간 직전에 모인 멤버들이 어제 탔던 차로 세인트 존 가든스로 이동하고 있었다.

어제와 달리 여유롭고 밝은 표정으로 카를로스와 대화를 하고 있던 건의 귀에 조수석에 앉은 린의 무전기에서 흘러나오는 목소리가 들렸다.

-상황 보고입니다. 어제 추가 요청하신 경호 인력 백여 명이 도착해 현장 통제 중인데, 집계된 관객이 만 명이 넘어 인력이 부족한 상황입니다. 다행히 차분한 상태의 관객들이기는 하지만 갑작스러운 상황에 대처하기에 모자란 인력입니다. 어떻게 할까요, 이사님?

현장에 파견되어 있는 팡타지오의 남자 직원 목소리를 들은 린이 글로브 박스 위에 꽂혀 있던 무전기를 들었다.

"어제 공연 후 파급력을 보고 예상은 했었습니다. 하지만 여기는 영국이에요, 큰일은 일어나지 않을 겁니다. 걱정 마시고 차량 진입 통제에만 신경 써주세요. 오 분 후 도착합니다."

-알겠습니다, 이사님. 세인트 존 가든스 입구로 들어오지 마시고 뒤편의 월드 뮤지엄 건물로 진입해 주시기 바랍니다. 영업시간이 끝난 박물관을 통해 진입하시는 것이 편하실 겁니다.

"그래요, 고맙습니다."

맨 뒷자리에 앉아 있던 병준이 조금 큰 소리로 물었다.

"이사님, 진입에는 문제없나요?"

린이 무전기를 다시 꽂은 후 뒤를 돌아보았다.

"네, 월드 뮤지엄 건물 쪽으로 돌아 들어갈 거라 어제처럼 사람들 사이로 진입하지는 않을 거예요."

"아, 다행이네요."

"네, 추가 경호원을 요청해서 백 명이 나와 있으니 합류해서 들어가면 될 겁니다. 건 씨? 컨디션은 어떤가요?"

키스카와의 일을 염두에 둔 린이 조심스럽게 묻자 건이 이를 드러내며 엄지를 올렸다.

"아주 좋아요, 이사님."

건이 어제 공연 후 방에서 나오지 않았다는 것을 보고 받은 린이 찬찬히 건을 뜯어 보자 케빈이 물었다.

"이사님, 저는요?"

린이 케빈 쪽으로 고개를 돌리며 물었다.

"네? 뭐가요?"

"저는 컨디션 어떠냐고 안 물어보세요?"

린이 케빈을 힐끔 본 후 대답도 하지 않고 고개를 돌려 버리자 카를로스가 웃음을 터뜨리며 케빈의 뒤통수를 때렸다.

"푸하하, 이놈아. 너랑 케이랑 같냐?"

"악! 왜요! 뭐가 다른데요! 똑같은 소속 뮤지션인데!"

"조용히 해 이놈아, 목 컨디션 묻는 거 아냐, 네가 노래하냐?"

케빈이 검지와 중지를 들어 보이며 말했다.

"나한테도 손가락 컨디션을 물어봐 줘요!"

카를로스가 손가락을 부러뜨리겠다는 듯한 제스처를 보이자 울상을 지은 케빈이 손을 뒤로 빼며 건을 보았다.

"케이! 너라도 물어봐 줘!"

건이 웃음을 지으며 케빈의 허벅지를 주먹으로 툭 쳤다.

"하하, 그래. 네 손가락은 잘 있어?"

케빈이 손가락 두 개를 까딱이며 말했다.

"어, 잘 붙어 있는 것 같아. 잘 움직이네."

카를로스가 다시 케빈의 뒤통수를 때리자 차 안이 웃음바

다가 되었다. 케빈의 바보짓에 분위기가 좋아진 일행이 월드 뮤지엄의 뒷문을 통해 공연장으로 향했다.

지하로 이어진 긴 복도를 지나고 문이 닫힌 뮤지엄을 통과하며 영업시간이 끝난 박물관의 기묘한 분위기를 느끼던 일행은 뮤지엄 정문 앞에 서서 양옆에서 무전을 하고 있는 경호원들의 지시를 기다렸다.

잠시 후 앞 공연이 끝났다는 무전 알림이 오자 경호원들이 양쪽에서 문고리를 잡고 벌컥 문을 열었다.

"우아아아아아악!"

"왔다! 몬타나다!"

"꺄아아아악! 비켜 봐! 안 보여!"

공연장 뒤편에서 모습을 드러낸 일행들의 눈에 만 명이 넘는 사람들이 공원을 가득 메우고 있는 것이 보였다.

어제 수천 명의 관객 앞에서 공연한 케빈은 자신의 눈앞에 이렇게 많은 사람이 있는 것을 처음 보고 멍한 표정을 짓고 있다가 다시 카를로스에게 뒤통수를 맞고 나서야 정신을 차리고 악기를 세팅했다.

공연 시작 직전, 준비에 가장 많은 시간이 필요한 호세를 기다리던 케빈이 하늘에서 울리는 소리에 고개를 들었다가 얼떨떨한 목소리로 중얼거렸다.

"헬기다……. 그것도 네 대나……."

공중을 날아다니는 네 대의 헬기에 사람보다 더 큰 카메라가 자신을 찍고 있는 것을 본 케빈이 넋을 잃고 있다가 아무렇지도 않게 마이크 스탠드에 손을 올리고 기다리는 건에게 다가가 말했다.

"케이, 헤, 헬기까지 왔어!"

건이 그저 웃기만 하자 카를로스가 다가와 말했다.

"이놈아, 케이는 몇만 명짜리 투어도 했던 사람인데 고작 이걸로 놀라겠냐? 같은 급으로 보지 말고 집중이나 해."

케빈이 카를로스에게 또 뒤통수를 맞을까 한 걸음 물러나자, 건이 웃음을 터뜨렸다.

잠시 후 호세의 준비가 완료되자 카를로스와 케빈이 잠시 음향 점검을 했다. 빠르게 이어지는 두 사람의 속사포 같은 짧은 연주가 터져 나오자 벌써 흥분한 관객들이 소리를 질러대기 시작했다.

음향 점검이 완료되자 멤버들에게 눈짓으로 확인을 한 건이 마이크를 잡았다.

"안녕하세요, 리버풀 여러분. 몬타나입니다."

"으아아아아악! 종일 기다렸어요!"

"어제 동영상 보고 여행 계획도 취소하고 이리로 왔어요!"

"사랑해요, 케이~ 꺄아아악!"

잠시 시간을 두고 팬들의 반응을 지켜보던 건이 웃음을 머금은 채 저녁노을이 지는 하늘을 바라보았다.

낮에 잠시 내린 비 때문인지 살짝 젖어 있는 공연장의 모습과 노을이 무척이나 잘 어울렸다. 잠시 숨을 고른 건이 케빈에게 고갯짓을 하자 몸을 낮춘 케빈의 그루브한 베이스 연주가 시작되었다.

만여 명의 관객 위로 눈을 부릅뜨고 시뻘건 아가리를 벌리고 있는 호랑이가 떠오르고, 구름 속에서 얼굴을 드러내는 거대한 용이 똬리를 틀자 건의 피 토하는 목소리가 폭발했다.

"크아아아아아아아아!"

음악의 시작과 함께 벌써 몸을 공중으로 펄쩍펄쩍 뛰어대고 있던 관객들이 건의 포효 소리와 함께 양팔을 들어 올렸다. 시작과 동시에 흥분의 도가니가 된 공연장에 건의 목소리가 폭발했다.

나는 분노하기에 존재한다. Second Fury!

삼 일간의 공연. 총 사만 명의 팬들이 목격한 라이브, 모든 스트리밍 사이트 실시간 1위 석권, 라이브 실황 유튜브 영상 세 건의 총 조회 수 7천만, Fury 추가 앨범 주문 이백만 장. 총 앨범 판매량 육백이십만 장.

이것이 Fury로 삼 일간 리버풀 사운드 시티의 공연 후 얻은 성적표였다. 미국으로 돌아온 몬타나는 공항에서부터 밀려드는 기자들 덕에 집으로 돌아가는 것도 쉽지 않았다.

결국 공항 측의 협조로 경호 인력들이 파견된 후에야 공항에서 빠져나올 수 있었던 멤버들은 짧은 휴식을 가지기 위해 각자의 집으로 돌아갔다.

각자의 차를 타고 돌아가는 멤버들과 달리 미로슬라브가 보낸 캐딜락에 몸을 실은 건이 조수석에 앉지 않고 자신의 옆에 앉은 병준을 보며 피식 웃었다.

영국에서 공연할 때 아무렇지 않아 보이던 건이었지만 그가 얼마나 어린지 알고 있던 병준이 걱정스러운 표정을 지으며 말했다.

"돌아가도 되겠어?"

건이 창밖으로 지나가는 맨하탄 시내를 보며 말없이 고개를 끄덕이자 병준이 말을 이었다.

"시즈카가 사는 오피스텔 최상층이 전세 매물로 나와 있어. 거기 계약하는 건 어때?"

건이 병준에게로 고개를 돌리며 말했다.

"시즈카가 사는 오피스텔이요?"

"응, 거기 보안도 확실하고 시설도 좋아. 내부에 헬스클럽도 있고 말이야. 시즈카와 한 건물에 살면 나도 좋고 학교에서도 더 가까우니 너도 편할 거야."

건이 잠시 생각에 잠기자 병준이 말을 이었다.

"여러모로 훨씬 나은 환경이야, 이참에 나가자."

건이 한참 말이 없다가 이내 고개를 저었다.

"키스카가 돌아오면요?"

병준이 답답하다는 표정으로 말했다.

"언제 돌아올 줄 알아? 그리고 돌아오면 다시 와도 되잖아."

건이 병준의 걱정이 담긴 눈빛을 보다가 천천히 고개를 저었다.

"키스카가 돌아왔을 때 여전히 그 자리에서 기다리고 있다고 보여주고 싶어요."

"아…… 아씨……."

병준이 거칠게 머리를 긁었지만, 자신도 키스카를 애지중지했던 터라 차량 의자에 몸을 축 늘어뜨리며 말했다.

"에라, 모르겠다. 맘대로 해라."

"하하, 걱정 말아요. 이제 괜찮으니까."

병준이 알았다는 듯 손을 휘휘 젓다가 물었다.

"방학 때 뭐할 거냐? 또 여행 갈 거야?"

"음……. 여행은 아니고, 연구해야 할 것이 좀 있어서 어디좀 틀어박혀야 할 것 같아요."

"어디? 정신과 시간의 방 같은 건 못 구해준다. 내가 계왕님도 아니고."

"엉? 계왕님이 뭐예요?"

"그런 게 있어, 이놈아. 그래서 어디로 가게?"

"글쎄요, 아직 안 정했어요."

"그래, 알았다. 이사님께 그렇게 보고해 둘게. Fury 추가 활동 들어오면 할 거냐?"

"네, 이제 저 혼자도 아니고 몬타나가 새로 회사에 들어오기도 했으니 수익을 낼 수 있는 것이라면 동참할게요."

병준이 웬일이냐는 눈빛으로 말했다.

"호오? 이거 김 건 씨가 웬일이래? 활동을 하겠다고?"

건이 피식 웃으며 말했다.

"공연만 할 거예요. 방송 같은 건 안 할 거니까 기대하지 마세요."

"젠장 그럼 그렇지."

"하하하!"

병준의 모습에 웃음을 짓던 건이 품 안에서 전화기의 진동을 느끼고 핸드폰을 꺼내 액정을 보았다.

"응? 무슨 전화번호가 이래?"

병준이 건의 핸드폰 액정을 본 후 말했다.

"보이스피싱 같은 건가? 받지 마, 괜히 이상한 전화 받았다가 전화비 폭탄 맞을 수도 있다."

건이 잠시 고민스러운 표정으로 액정을 보았다.

"+995라고 쓰인 것 보니 국제전화 같긴 한데…… 일단 받아
는 볼게요."

건이 전화를 받았다.

"여보세요?"

-…….

"여보세요, 말씀하세요."

-…….

"안 들리세요? 혼선인가? 여보세요"

-…….

병준이 옆에서 끼어들었다.

"국제 전화비 폭탄 나온다니까, 끊어버려."

건이 고개를 갸웃한 후 아직 통화가 연결된 액정을 보다가
전화를 끊었다. 전화의 액정에 방금 걸려온 전화번호가 떠오
르는 것을 본 건이 인터넷 앱을 켜고 +995를 검색했다.

"어디서 걸려온 전화지?"

달리는 차 안이라 그런지 인터넷이 연결되는 속도가 조금 느
렸다. 검색 창에 입력한 검색어 아래에 로딩을 알리는 동그라
미가 한참 지나가는 것을 보고 있던 건의 눈이 순간 커졌다.

병준이 옆에서 건의 검색 결과를 함께 보려고 액정에 시선

을 두었다가 표정을 굳혔다. 입을 벌리고 건의 옆모습을 보자 떨리는 눈으로 액정화면을 보고 있는 건의 모습이 들어왔다.

시간이 멈춰진 듯 멍하게 액정을 보고 있던 건이 한참 만에 입을 열었다.

"+995…… 조지아의…… 키스카였구나…….."

하염없이 액정을 보고 있던 건이 다시 진동이 울리는 것을 보고 황급히 전화를 받았다.

"여보세요, 키스카? 키스카니?"

-…….

"키스카! 키스카 맞지?"

-…….

"조지아에서 전화 거는 거! 키스카 너 맞잖아."

-……나 보러 와.

"……키스카?"

◈ 3장 ◈

그림에서 배우다

"키스카? 방금 말한 거 너 맞는 거야?"

……나 맞아.

"키스카, 말할 수 있는 거야?"

-원래 할 수 있었어.

병준이 귀를 전화기에 바짝 대고 놀란 표정을 지었다.

"그럼 지금까지 왜 안 한 거야? 키스카!"

병준의 목소리가 들리자 잠시 침묵하던 키스카가 말했다.

-미리 알고 있었지?

건이 갑자기 들이닥친 당황스러운 일에 정신을 차리지 못하고 되물었다.

"뭐, 뭘 말이야?"

-아빠랑 잠깐 여행가는 게 아니었다는 거.

"아…… 응 알고 있었어."

-…….

뚝.

갑자기 끊겨 버린 전화에 멍하게 액정을 보고 있던 건의 옆에서 병준이 호들갑을 떨며 말했다.

"키스카가! 키스카가 말을 했다!"

운전을 하던 조직원이 놀라는 표정으로 운전 중에 뒤를 돌아보다가 멈춘 앞차를 보지 못하고 급브레이크를 밟았다. 다행히 앞차를 들이받지 않았지만, 위험한 상황이 연출되자 조직원이 다시 뒤를 돌아보며 미안한 표정을 지었다.

"죄송합니다."

병준이 됐다는 듯 손을 휘휘 젓자, 조직원이 말했다.

"지금 아가씨의 전화였습니까?"

"네, 키스카의 전화였어요."

"미로슬라브 님께 보고해도 되겠습니까?"

"그러세요."

"알겠습니다."

질문을 던지는 조직원에게 답을 해준 병준이 전화기를 들고 멍한 표정을 지은 채 끊겨 버린 액정을 보고 있는 건을 보다가 한숨을 쉬었다.

"그냥 둬. 할 수 없잖아, 지금 키스카를 보러 가면 그레고리가 좋아하지 않을 거야. 거기도 부모님 댁에 있는 건데 네가 찾아가는 것도 웃기고 말이야. 돌아오면 봐라."

건이 여전히 전화기를 손에 쥔 채 병준을 돌아봤다.

"형, 혹시 키스카에게 전화기 한 대 보내주실 수 있어요?"

병준이 잠시 생각해 본 후 고개를 끄덕였다.

"미로슬라브에게 주소를 물어볼게. 찾아가는 것이 아니라고 미리 말하면 알려주겠지."

"부탁해요, 형."

"그래, 그나저나 의사 말대로 키스카는 일부러 말을 안 하고 있는 거였구나. 미리 듣긴 했지만, 갑자기 말을 하기 시작하니 당황스럽네."

건이 액정을 손으로 쓸어 보며 한숨을 지었다.

"말을 해야 할 이유가 생겨서, 혹은 말을 할 수밖에 없는 상황이 되어서 입을 연 것이 맞겠죠."

병준이 목 뒤로 깍지를 끼며 몸을 눕혔다.

"휴, 나한테도 말 좀 해주지. 나도 무진장 아껴줬는데 말이야. 하여튼 너 딴 생각하지 마. 틀어박힌다고 했던 것도 행여나 조지아로 갈 생각은 하지 말고."

건이 답을 하지 않자 병준이 건에게로 고개를 돌리며 단호한 표정을 지었다.

"잊어버리고 살라는 말이 아니야. 전화기 전달해 줄 테니 통화도 하고 문자도 해. 연락도 자주 하고 말이야. 하지만 지금 상황에 네가 거기로 가는 건 말이 안 돼. 그레고리도 정리해야 할 문제가 있어서 조용히 생각하러 간 것이고, 연세 많으신 부모님 댁에 간 것이니 조용히 기다려. 알았지? 야, 대답해."

건이 나직하게 한숨을 지으며 말했다.

"휴…… 알았어요."

"좋아, 약속한 거야. 딴소리하지 마라."

차 안에서 두 사람 사이에 침묵이 흘렀다. 레드 케슬에 도착할 때까지 입을 열지 않은 건이 차에서 내리자 대기하고 있던 미로슬라브가 운전을 하는 조직원에게 미리 보고를 받았는지 다가와 말했다.

"잘 다녀오셨습니까? 아가씨와 통화를 하셨다고요?"

건이 힘없는 미소를 지으며 고개를 끄덕였다.

"네……."

미로슬라브가 짐을 내리고 있는 병준을 힐끔 본 후 건에게 다가왔다.

"잠시 이야기를 좀 나누시죠."

미로슬라브가 건을 데리고 넓은 정원을 걸었다.

따르는 조직원들을 물린 미로슬라브가 건과 단둘이 걸으며 입을 열었다.

"아가씨와 보스가 조지아로 간지 나흘째입니다. 이틀이 지난 후에 보스께서 아가씨께 조지아에서 오래 머물게 될 것이라는 걸 말 하셨고, 예상과 같이 아가씨가 울며불며 난리를 치셨죠. 울다가 잠들고, 다시 일어나면 울기를 반복하다가 아버지 앞에서 결국 입을 열었다고 합니다."

땅을 쳐다보고 걷던 건이 고개를 돌렸다.

"뭐라고요?"

잠시 건과 눈을 맞춘 미로슬라브가 한숨을 쉬었다.

"아빠가…… 밉다고……."

건이 다시 고개를 숙이며 걸음을 옮겼다.

"그랬군요, 아빠에게 한 첫 마디였을 텐데…… 그레고리가 서운했겠어요."

미로슬라브가 따라붙으며 고개를 끄덕였다.

"네, 매일 오전에 전화를 드리는데 무척 힘이 없어 보이시더군요. 하지만 한편으로는 이런 일로 인해 아가씨의 말문이 트인 것을 다행스럽게 생각하고 계시기도 합니다."

"그렇군요……."

"저, 케이. 보스께서 부탁하신 일이 있는데 말입니다."

건이 걸음을 멈추고 물었다.

"네, 뭐에요?"

미로슬라브가 품 안에서 검은색 전화기 한 대를 꺼냈다. 최신 스마트폰이 아닌 폴더 폰은 인터넷 접속 등이 되지 않는 구형 모토로라 제품이었다.

핸드폰을 내민 미로슬라브가 간절한 부탁 조로 말했다.

"보스께서 아가씨와 자주 통화해 주시기를 원합니다. 그리고…… 보스께서 미안하다고 전해달라십니다."

건이 미로슬라브에게 전화를 건네받은 후 물끄러미 보았다.

"그래요……. 통화를 하는 것은 저도 원하는 일이라 상관없습니다만, 왜 이런 구형 핸드폰을 주세요? 이건 톡도 안 되는 모델인데. 제가 병준 형을 통해서 최신 핸드폰을 보낼게요."

"아, 아닙니다. 의미가 있는 겁니다. 보스께서 말씀하시길, 아가씨께서는 아직도 최소한의 말만 하고 계신다고 합니다. 그래서 문자로 소통하는 것이 아닌 통화만 되는 핸드폰으로 아가씨가 더 많은 말을 하게 만들고 싶으신 것 같습니다."

건이 전화기를 바라보다가 이내 고개를 끄덕이고 주머니에 넣었다.

"그렇군요, 그렇게 할게요."

미로슬라브가 손목시계를 본 후 말했다.

"지금쯤 아가씨에게도 전화가 전달되었을 겁니다. 아가씨 번호를 저장해 놓았으니 원하실 때 걸어보시면 됩니다."

"네, 신경 써주셔서 고맙습니다."

"아닙니다, 원래 보스께서 떠나시기 전에도 당부하신 바가 있습니다. 자신이 없더라도 케이의 모든 일에 협조하라는 지시였으니 저는 그저 보스의 지시를 따르고 있는 것뿐입니다."

"후후, 네 고마워요."

"장시간 비행으로 피곤하실 텐데 시간을 빼앗아 죄송합니다. 쉬세요."

"네, 그럴게요."

미로슬라브가 멀어지자 주머니에서 전화기를 꺼낸 건이 폴더를 열고 저장된 전화번호를 보았다. 전화번호부에는 단 하나의 전화번호만 저장되어 있었고, 번호에 부여된 이름은 없었다.

물끄러미 국제전화 번호로 시작하는 번호를 보던 건이 폴더를 닫고 핸드폰을 주머니에 넣은 후 별채로 천천히 걸어갔다.

별채의 문을 열자 캐리어에서 빨래들을 꺼내던 병준이 고개를 돌리며 물었다.

"뭐래?"

건이 코트를 벗고 소파에 털썩 앉은 후 주머니에서 핸드폰을 꺼내 보여주었다.

"이걸로 키스카랑 통화해 달래요."

"어? 그럼 나 핸드폰 안 보내도 되는 거냐? 키스카한테도 전화 줬대?"

"네, 그런가 봐요."

"전화번호 줘봐. 나도 통화 좀 하게."

"키스카한테 물어보고 드릴게요."

"아…… 그렇지 참. 알았어, 빨래 내놔, 세탁기 돌리게."

"네, 그럴게요. 아 참! 형. 아까 연구할 거리 때문에 틀어박히겠다고 한 거 있잖아요."

"아, 그래 참. 그거"

"네, 일단 여기 있을게요. 다니엘 웨이스 씨에게 연락 좀 해야 하겠지만."

병준이 캐리어에서 양말 한 짝을 빼내며 고개를 갸웃했다.

"다니엘 웨이스? 누구더라…… 아, 뉴욕 메트로폴리탄 미술관 CEO였지?"

"네, 맞아요."

"그 사람은 왜?"

"미술관에서 연구 좀 하려고요."

"잉? 그림이라도 그리게?"

"후후, 아니에요."

병준이 의아한 눈빛을 보내다가 다시 캐리어에서 짐을 빼며 물었다.

"필요하면 말만 해. 뉴욕 내에 있는 미술관 프리패스를 가진 사람을 아니까. 블랙 카드인가 뭔가 하는 건데, 부잣집 사람들이 가지고 있는 거야. 그게 있으면 모든 미술관은 다 볼 수 있다더라."

건이 손을 휘저으며 말했다.

"괜찮아요, 집중해야 하는 거라 영업시간 이후에 혼자 들어가야 하거든요."

병준이 캐리어를 싸던 손을 멈추고 다시 고개를 들었다.

"그게 가능해?"

"후후, 그래서 다니엘 웨이스 씨께 부탁해야 한다는 거예요."

"아무리 CEO라도 그렇게 해줄까?"

건이 어깨를 으쓱한 후 웃었다.

"제가 레드 케슬에 왜 들어왔는지 아세요?"

"모르지, 왜?"

"그레고리와 다니엘 웨이스 씨는 서로 친구예요. 그분의 부탁을 받고 온 거거든요."

"그래? 아…… 그럼 다니엘 웨이스가 네 부탁을 거절하진 못하겠구나?"

"후후, 아마도요."

"그래 알았다. 또 어디 네팔 같은데 간다고 하면 다리 몽둥이를 부러뜨리려고 했는데 뉴욕에 있다니 다행이네."

"하하, 네. 그리고 네팔은 여행 간 게 아니라 촬영하러 간 거예요."

"알았다, 빨래나 내놓으라고 이놈아!"

"아! 알았어요."

병준을 도와 짐을 정리한 건이 세탁기를 작동시킨 후 방으로 들어와 구형 전화기를 충전기에 꽂아 침대 위에 올렸다. 언제 전화가 올지 몰랐기에 벨 소리로 바꾼 전화기를 물끄러미 보던 건이 자신의 핸드폰을 들어 전화를 걸었다.

몇 번 통화 연결음이 울리고 전화를 받은 상대의 반가워하는 목소리가 울렸다.

"오! 케이, 오랜만입니다!"

건이 침대에 엉덩이를 걸치고 앉으며 웃었다.

"건강하신가요, 다니엘?"

"그럼요, 잘 지내고 있습니다. 그레고리에게 들었어요, 그의 딸이 말을 했다고요?"

"네, 아직 걸음마 수준인 것 같지만요."

"그게 어디입니까, 정말 고맙습니다, 케이."

"후후, 고마우시면 제 부탁 하나만 들어주실래요?"

"오! 무슨 부탁입니까, 뭐든 들어드리죠."

"뉴욕 폴리탄 미술관 영업시간이 오후 5시까지죠?"

"네, 맞습니다."

"혹시 영업시간 후에 제가 미술관에 출입하게 해주실 수 있나요?"

"음? 무슨 일로……."

"음악적인 연구가 필요한 일이 있어서요, 명화들이 많으니 보안에 문제가 생길까요?"

전화기 너머 잠시 고민하는 듯한 다니엘 웨이스가 말을 이었다.

"음…… 음악적인 연구라……."

"네, 꼭 필요한 일이라 부탁드리고 싶어요."

"알겠습니다, 신원 확실한 분인데 무슨 걱정이겠습니까, 그리 하시죠."

"고마워요, 다니엘."

"하하, 아닙니다. 직원 한 명 붙여 드리죠."

"아…… 그렇게까지는 안 하서도 돼요."

"하하, 저희 측도 원칙이라는 것이 있으니 직원은 붙여야 합니다."

철통같이 보안을 지켜야 할 명화들이 있는 곳에 자신 혼자 두는 것은 말이 안 된다고 생각한 건이 이내 고개를 끄덕이며 수긍했다.

"네, 그럼 알겠습니다. 내일 찾아갈게요."

"아, 내일 바로요? 알겠습니다. 준비해 두죠."

"감사해요, 내일 봐요, 다니엘."

"네, 아 참! Fury 앨범을 샀습니다. 정말 흥분되는 곡이더군요, 대단했습니다!"

"하하, 고마워요."

그 후로도 다니엘의 극찬이 한참 계속되었고 10분이 넘게 이야기를 들어준 건이 침대 위에 전화기를 던져두고 샤워를 했다. 젖은 머리를 말리면서도 충전 중인 구형 폰을 힐끔거리던 건은 밤늦게까지 키스카의 전화를 기다리다 그대로 잠이 들었다.

침대 위에 놓인 구형 전화기의 충전 중이라는 표시를 하는 녹색 불이 밤새 외로이 작은 빛을 내고 있었다.

♪♫♪

늦은 오후 다니엘 웨이스의 집무실.

그를 찾아온 건이 소파에 앉아 커피를 마시고 있었다. 건에게 고마운 마음을 가지고 있는 다니엘 웨이스는 연신 감사의 말을 전하고, 손수 구입한 앨범에 사인을 받았다. 사인펜으로 앨범 속지에 사인을 받은 것을 흐뭇한 눈으로 보던 다니엘 웨이스가 서재에 CD를 열어둔 채로 세워두었다.

건의 사인이 잘 보이도록 전시한 다니엘 웨이스가 몇 번 CD의 위치를 변경하며 마음에 드는 구도를 잡은 후 말했다.

"하하, 이거 제 집무실에 새로운 컬렉션이 들어와서 기분이 좋군요, 앞으로 케이의 앨범은 모두 사서 소장하도록 하겠습니다."

소파에 앉아 커피를 홀짝이던 건이 미소를 지었다.

"고맙습니다, 다니엘."

"고맙다니요, 살 때마다 사인을 부탁드릴 테니 귀찮아하지만 말아주세요, 하하."

똑똑.

문밖에서 들려오는 노크 소리에 다니엘이 소파로 다가오며 말했다.

"들어와요."

소리가 나지 않게 조심하며 문을 연 상대가 문 안쪽으로 머리를 들이밀며 말했다.

"저…… 보스 부르셨나요?"

다니엘이 건의 맞은편에 앉으며 말했다.

"하하, 네. 이쪽으로 오세요."

조심스러운 몸짓으로 문을 열고 들어오는 여성을 본 건이 반가운 표정으로 말했다.

"아? 아비게일! 오랜만이에요."

"네, 오랜만…… 헉! 케이?"

붉은 머리를 단정하게 올려 묶고 망사로 고정한 아비게일이 소파에 앉아 한 손을 드는 건을 보고 놀라 그 자리에서 몸을 멈췄다.

눈을 크게 뜨고 정지해 버린 그녀를 본 다니엘이 건을 향해 웃으며 말했다.

"둘이 구면이죠? 아무래도 안면이 있는 직원이 편하실 것 같아 담당자로 아비게일을 낙점했습니다."

"아, 그러셨군요. 저도 그게 편하죠, 배려해 주셔서 감사합니다."

"아비게일? 이리 와서 앉으세요. 아비게일? 아비게일 체이서 씨?"

아비게일이 멍하게 건을 보다가 다니엘이 여러 번 자기 이름을 부르고 나서야 화들짝 놀랐다.

하지만 여전히 말은 하지 못하고 그저 눈을 동그랗게 뜨고 어깨를 움츠린 채 다니엘을 보았다.

다니엘이 이상한 행동을 보이는 그녀를 보고 고개를 절레절레 흔들며 말했다.

"이리 와서 앉으세요, 아비게일."

"네, 네! 죄, 죄송합니다."

머뭇거리며 소파로 와 티 테이블에 가져온 서류를 조심스럽게 놓고 나서야 자리에 앉은 아비게일이 건의 웃는 얼굴을 제대로 마주 보지 못하고 얼굴이 붉어진 채 고개를 숙였다.

다니엘이 다리를 꼬고 팔짱을 낀 채 손목시계를 보았다.

"이제 폐장 시간이네요. 지금부터 입장하시면 됩니다. 보안과에는 따로 전달해 뒀으니 걱정 마시고요, 필요한 것이 있다면 아비게일에게 요청해 주세요. 아비게일? 추가 근무가 부담

되면 케이트에게 부탁해도 되니까 말하세요. 아, 케이. 케이트라는 직원도 알죠?"

건이 고개를 끄덕이자 화들짝 놀라 고개를 번쩍 든 아비게일이 다급하게 말했다.

"부, 부담이라니요! 저, 전혀 그렇지 않아요! 제가 할게요!"

다니엘 웨이스가 입술을 내밀며 고개를 끄덕였다.

"그래요? 아직 젊은 아비게일은 퇴근 후 해야 할 일이 많을 것 같았는데, 아닌가요?"

아비게일이 허둥대며 말했다.

"아, 아니에요! 집에 가봐야 허구한 날 일본 애니메이션만 보…… 헉! 아, 아니에요!"

말을 하다가 자기 입을 막아버린 아비게일이 눈을 크게 뜨고 건의 눈치를 보았다.

'이 바보! 오랜만에 보는 건데 이게 무슨 짓이야!'

속으로 바보짓을 하는 자신에게 욕을 퍼붓고 있는 아비게일을 물끄러미 보던 다니엘이 어깨를 으쓱하며 자리에서 일어났다.

"좋아요, 아비게일이 괜찮다면 그대로 맡기죠."

다니엘이 건을 보며 문 쪽으로 팔을 뻗었다.

"자, 그럼 가실까요? 오늘은 첫날이니 저도 함께 가겠습니다."

"아, 감사합니다, 다니엘."

두 사람이 방을 나서는 것을 멍하니 보던 아비게일이 아직도 입을 막고 있던 손을 떼며 황급히 따라나섰다.

긴 복도를 지나며 걷던 다니엘이 옆에서 걸으며 건에게 물었다.

"특별히 보고 싶은 작품이나, 시대, 혹은 장르가 있나요?"

건이 잠시 생각해 본 후 말했다.

"음, 지난번 작업할 때 대부분의 그림은 보았어요. 혹시 근래에 새로 들어온 작품이 있나요?"

다니엘이 잠시 기억을 더듬는 것을 본 아비게일이 기회다 싶었는지 나서며 말했다.

"보스, 영국 내셔널 갤러리와의 자매결연으로 교환 전시하기로 했던 그림들이 있습니다."

다니엘이 손가락을 튕기며 말했다.

"오, 그렇군요. 교환 전시 시작이 2개월 전이니 케이는 못 봤겠군요?"

건이 반색하며 말했다.

"그래요? 영국에서 들어온 그림이라니 기대되네요."

"하하, 크게 기대는 마세요. 교환 전시일 뿐이라 단 열 점의 그림이 다입니다."

"열 점이면 충분해요, 하하."

"후후, 아비게일 몇 번 전시장이었죠?"

아비게일이 서류철을 넘겨 본 후 말했다.

"D-6구역입니다, 보스."

"좋아요, 바로 갑시다."

D-6구역에 도착한 다니엘이 영국 내셔널 갤러리 특별전이라는 이름이 붙은 방에서 그림에 대해 직접 설명했다. 큐레이터 역할을 자처하며 열심히 설명해 주는 다니엘의 말을 듣던 건이 방의 생김새를 둘러보았다.

동그란 원형의 방은 완벽한 원형이 아니라 직선이 연결되어 원처럼 보이는 다각형 방이었다. 동그란 방 각 벽에 전시되어 있는 열 점의 그림을 한번 훑어본 후 다시 설명을 하고 있는 다니엘 쪽으로 고개를 돌리려던 건의 눈에 여러 가지 색이 한꺼번에 빛나고 있는 두 점의 그림이 스쳐 지나갔다.

다니엘 쪽으로 고개를 돌렸던 건이 다시 그림 쪽으로 획 고개를 돌리자, 옆에서 건을 보고 있던 아비게일도 함께 고개를 돌렸다. 두 사람이 다른 곳을 보고 있자 앞에 있던 그림에 대해 설명하던 다니엘이 그들이 보고 있는 그림 쪽으로 다가갔다.

잠시 그림 앞에서 팔짱을 끼고 있던 다니엘이 몸을 돌리며 말했다.

"이 그림이 마음에 드시나 보군요?"

열심히 설명을 해주고 있었던 다니엘에게 실례를 했다고 생각한 건이 미안한 웃음을 지었다.

"아, 죄송해요. 설명해 주신 것은 다 듣고 있었는데 너무 시선을 끄는 작품이라 이쪽으로 관심이 갔네요."

"하하, 괜찮습니다. 조르주 쇠라의 작품이라면 그럴 만하죠."

"조르주 쇠라요?"

"네, 그는…… 아! 잠시만요."

막 설명을 하려던 다니엘이 품에서 울리는 전화기를 확인 후 말했다.

"아, 미안합니다. 중요한 전화라서요. 아비게일? 제 대신 설명을 좀 부탁합니다."

다니엘이 방 밖으로 나가자 둘만 남은 전시장에 정적이 흘렀다.

잠시 아비게일의 설명을 기다리며 그림을 보던 건이 그녀의 설명이 나오지 않자 고개를 돌렸다.

건과 시선을 마주친 아비게일이 화들짝 놀라며 그림 앞에 섰다.

"아! 죄, 죄송해요."

건이 미소를 지으며 손을 내밀었다.

"아니에요, 오랜만에 보는 건데 제대로 인사도 못 했네요. 잘 지냈어요?"

다정한 말을 하며 손을 내미는 건을 본 아비게일이 옷에 자신의 손을 닦은 후 악수를 했다.

"네, 네. 자, 잘 지냈어요."

"왜 그렇게 긴장해 있어요? 어디 아프신 건 아니죠?"

"아, 아니에요."

식은땀을 흘린 아비게일이 황급히 고개를 저었다.

'예전과 달라, 너무 대스타가 되어버렸잖아, 케이는! 예전처럼 편하게 대할 수가 없어!'

잠시 침묵이 흐르자 건이 그림을 가리키며 말했다.

"자…… 그럼 설명을 부탁드릴게요."

"아! 네, 네! 알겠습니다."

아비게일이 그림 앞에 서서 숨을 골랐다.

'이번에야말로 큐레이터로서 멋진 모습을 보여줄 때야!'

건이 조용히 그림에 시선을 두며 기다리자 아비게일의 차분한 목소리가 들려왔다.

"조르주 쇠라는 프랑스의 신인상주의 작가입니다. 1859년에 태어나 32살의 젊은 나이로 요절한 천재이죠."

건이 입술을 내밀며 팔짱을 풀었다.

"신인상주의? 32세로 요절이요?"

"네, 신인상주의는 인상주의에서 파생된 예술로 한순간의 감정을 순간적으로 담아내는 인상주의와 달리 빛에 관한 세심

한 연구와 과학적이고 체계적인 이론을 더해 고유의 색이 주변 환경에 따라 어떻게 달라지는지 분석하는 예술이에요."

"음…… 그렇군요. 조금 어렵네요."

건의 어렵다는 말에 오히려 자신이 더 많은 것을 알고 있다는 자신감을 얻은 아비게일이 밝은 표정을 지었다.

"조르주 쇠라는 이런 말을 남겼어요. '미술은 무엇보다 체계적이고 과학적이어야 한다. 일정한 법칙을 통해 조화를 이루는 것이 참된 예술의 목표다'라고 말이죠."

건이 한 발 더 다가가며 그림을 자세히 보았다.

"그런데…… 그림이 좀 특이한 것 같네요."

"네, 맞아요. 점묘법으로 그림을 그리는 화가거든요."

"점묘법?"

"네, 물이나 다른 물감을 섞지 않은 순수한 색으로 점을 찍는 기법이에요. 멀리서 볼 때 작가가 표현하고자 했던 완벽한 색감이 표현되어야 하기에 어떤 색으로 점을 찍어야 할지에 대한 연구가 필요한 기법이죠. 그래서 하나의 작품을 완성하기 위해 수십 점의 습작을 그려내야 하는 중노동이기도 해요."

"물감을 섞지 않고 순수한 한가지 색이 멀리서 보았을 때 여러 색이 섞인 색으로 보이게 된다는 건가요?"

"네, 맞아요. 이 그림은 '아스니에르에서의 물놀이'라는 작품이고, 바로 옆의 작품이 '그랑자트 섬의 일요일 오후'라는 작품이에요."

건이 연두색을 뽑고 있는 두 그림을 번갈아 보며 고개를 끄덕였다.

"음, 그런데…… 그냥 보기에는 여유롭게 휴식을 취하거나 물놀이를 하는 그림인데 느껴지는 것은 위안이나 피로에 대한 해소를 말하는 것 같네요."

아비게일이 눈을 크게 떴다. 여전히 그림을 보고 있는 건의 옆모습을 한참 보던 아비게일이 입을 벌렸다.

'대단하다. 내가 이 사람보다 많이 안다고 생각하는 건 착각일 거야, 이론적인 것을 모르는 것일 뿐 그림에 대한 조예는 보스와 동급이야!'

아비게일이 크게 감탄하며 설명을 이었다.

"정확합니다. 휴식을 취하는 것은 맞습니다만, 여유롭게 놀고 있는 것만은 아니에요, 이 그림에서 수영을 하거나 잔디밭에서 쉬는 사람들은 그림 뒤쪽에 검은 연기가 올라오는 공장에서 일하는 노동자들이에요. 힘든 노동 후에 잠시 휴식을 취하는 오후를 그린 작품이랍니다."

건이 원근법으로 멀리 흐릿하게 그려진 공장을 본 후 고개를 끄덕였다.

"그렇군요. 그래서 이런 감정이 나오는군요."

"네, 하지만 하나하나 점을 찍어 그리는 그림이기에 화가의 입장에서는 매우 힘든 작품이에요. 화가인 조르주 쇠라는 평생 이런 그림을 그렸기에 그가 남긴 작품은 몇 점 되지 않죠. 병을 얻어 젊은 나이에 요절한 이유이기도 하고요."

여전히 신나게 설명을 이어가고 있는 아비게일의 이야기를 들으며 그림을 노려보던 건이 살짝 한쪽 입꼬리를 들어 올렸다.

'이거다! 연두색을 뿜고 있지만, 잔디밭 외에는 연두색이 보이지 않는 그림. 순수한 색으로 점을 찍어 화가가 표현하고자 하는 전혀 다른 색을 만들어내는 점묘법. 내가 찾던 연구 자료는 바로 이거야.'

연두색의 감정을 뿜어내고 있는 두 점의 그림을 보는 건의 눈이 빛났다.

뉴욕 메트로폴리탄 큐레이터실.

뚱뚱한 몸을 뒤뚱거리며 한 손에는 설탕이 잔뜩 발린 도넛을, 다른 한 손에는 커피를 들고 큐레이터들이 일하는 모습을 지켜보던 루카스의 눈에 오늘도 역시 거울을 보며 화장을 하는 데 여념이 없는 케이트가 들어오자 얼굴이 찡그려졌다.

'하여간 저 여자는 자기가 남에게 어떻게 보일지 신경 쓰는 일 말고는 관심이 없지, 왜 저러는지 몰라 남들도 또 다른 남에게 자신이 어떻게 보일까 생각하느라 남을 볼 정신이 없다는 걸 모르는 건가? 친하게 지내는 아비게일도 큐레이터다운 차분함이 없고 항상 허둥대지. 저쪽에 마가 낀 건가?'

불만스러운 표정으로 케이트 쪽으로 다가가려던 루카스의 눈에 케이트의 옆자리에서 노트북에 떠오른 정보들을 보며 열심히 무언가 메모를 하는 아비게일의 모습이 들어왔다.

'업무 시간에 뭘 하는 거야? 또 무슨 애니메이션 보며 공부하는 거라면 가만 안 두겠어.'

그런 커다란 덩치로 몰래 누군가에게 접근한다는 게 가능할까 하는 물음에 스스로 답을 던지듯 케이트와 아비게일의 뒤로 살금살금 다가간 그의 눈에 아비게일의 노트북 화면이 보였다.

'응? 조르주 쇠라? 프랑스 신인상주의 화가인데…… 웬일로 제대로 된 공부를 하고 있지?'

루카스가 아비게일의 뒤에서 그녀의 노트북 화면을 뚫어지게 보고 있자, 등 뒤로 지는 거대한 그림자에 뒤를 돌아본 케이트가 파운데이션을 황급히 숨기며 자리에서 일어났다.

"루카스 선임님, 안녕하세요?"

케이트가 조금 큰 소리로 인사하자 아비게일 역시 놀라며 자리에서 일어났다.

"아…… 아, 안녕하세요, 루카스 선임님."

루카스가 케이트를 보며 인상을 썼다.

"매일 자리에서 화장할 시간에 큐레이터로서 수양을 쌓는데 시간을 쓰는 것은 어떤가요, 케이트?"

케이트가 책상 위에 늘어놓은 화장품들을 몸으로 가리며 머리를 귀 뒤로 넘겼다.

"아하하……. 네, 선임님."

루카스카 아비게일의 노트북 화면을 힐끔 본 후 고개를 끄덕였다.

"아비게일처럼 미리 전시하고 있는 화가의 정보를 공부하고, 관람객들에게 좀 더 수준 높은 관람이 가능하도록 돕는 것이 큐레이터입니다. 케이트는 아비게일에게 그런 자세를 배우도록 하세요."

평소와 다르게 독설 대신 칭찬을 하는 루카스를 본 아비게일의 눈이 동그래졌다.

뭐가 그리 마음에 들었는지 아비게일의 어깨까지 툭툭 쳐주며 격려한 루카스가 자리로 돌아가자, 불만스러운 얼굴로 그의 뒷모습에 혀를 내밀어준 케이트가 화장품을 정리해 파우치에 넣으며 말했다.

"젠장, 하여간 저 돼지 녀석은 재수가 없어. 그런데 아비게일, 아침부터 뭘 그렇게 보는 거야? 평소 너답지 않게 공부라도 하는 거야, 정말?"

평소의 아비게일이라면 평생 처음 받아 본 루카스의 칭찬에 진위를 파악하느라 멍하게 있었을 테지만 그가 돌아가자마자 다시 노트북에 정신을 집중하고 있는 아비게일이었다.

케이트가 옆에서 질문했지만 못 들을 만큼 집중을 하고 있는지 대답도 하지 않자, 케이트가 다가가 그녀의 어깨를 만졌다.

"아! 네, 네? 뭐라고 하셨어요, 케이트?"

"뭘 그렇게 집중하고 있냐고 물었어."

"아…… 이거 조르주 쇠라의 정보에요."

"그러니까 그걸 왜 보냐고, 그의 전시가 시작된 지 벌써 2개월이야. 공부하려고 했으면 2개월 전에 해야지, 왜 지금 와서 공부하고 있을까?"

"그, 그건…… 에……."

케이트가 능글맞은 웃음을 지으며 검지를 까닥였다.

"들었어, 케이가 영업시간 후에 찾아온다지? 보스가 그의 안내를 네게 맡겼고 말이야."

"헉…… 알고 계셨어요?"

"호호, 여자들 소문은 한순간에 바다 건너편까지 퍼지지. 케이가 조르주 쇠라에게 관심을 보였구나?"

"잉…… 역시 케이트는 못 속이겠어요."

케이트가 바퀴 달린 의자를 끌어와 아비게일의 옆자리에

앉은 후 노트북 화면을 보며 말했다.

"케이가 왜 온 거야? 아무도 없는 곳에서 혼자 그림 감상을 하고 싶대?"

"아, 아니에요. 그런 특권 의식이 있는 사람이 아니란 걸 아시잖아요. 음악 연구를 하러 온 거래요."

"음악 연구? 그걸 왜 미술관에서 해?"

"휴, 모르죠. 그 사람 천재잖아요, 천재들 생각을 어떻게 알겠어요? 겉으로 보이기에 괴팍한 행동을 해도 그것으로 결과를 내는 사람들이 천재라고 불리는 것이니까요."

"음…… 그래도 케이는 괴팍한 정도는 아니지 않아? 상식적으로 이해되는 수준이잖아."

아비게일이 책상에 엎드린 후 고개만 돌려 케이트를 쩨려봤다.

"잘생겨서 이해되는 게 아니고요?"

"물론 잘생기면 모든 게 용서돼…… 오호호. 이게 아니라, 그 사람 매너 좋고 착하잖아. 롤라팔루자 페스티벌 때 거지처럼 앉아서 기다리던 우리에게 티켓과 숙소까지 제공해줬던 것 기억 안 나? 그건 내 평생의 자랑이라고."

엎드려 있던 아비게일이 고개를 들고 멍하게 노트북 화면을 보았다.

"그건 그런데…… 연구를 하고 있는 그는 음악을 하거나 평상시의 모습과는 달라요."

케이트가 아비게일에게 바짝 붙으며 물었다.

"왜, 어떤데?"

"의자를 가져와서 조르주 쇠라의 그림 두 점 앞에 앉아서 밤 열 시까지 그림을 뚫어지게 보고만 있어요."

"응? 그냥 아무 말도 없이?"

"네, 덕분에 그의 얼굴 감상은 원 없이 했지만, 도움이 안 되는 것 같아 속상해요."

"두 점의 그림이라면⋯⋯ '아스니에르의 물놀이'와 '그랑드자트 섬의 일요일 오후' 말이지?"

"네, 전시 중인 조르주 쇠라의 그림은 그 두 점뿐이니까요."

케이트가 입술을 삐죽 내밀었다.

"이상하네, 더 대단한 화가들의 명화도 많은데 하필 그 두 점의 그림을 보고 있는 이유가 있나?"

"휴, 그러니까요. 그래서 뭔가 내가 모르는 다른 정보가 있나 해서 확인하고 있는 거예요. 혹시 케이에게 도움을 줄 수 있을까 해서이기도 하고요."

"오늘도 온대?"

"네, 앞으로 한동안 매일 올 거예요."

케이트가 창가 자리에 앉아 뭔가에 집중하고 있는 루카스를 힐끔 본 후 파우치에서 화장품을 꺼내는 것을 본 아비게일의 눈이 사나워졌다.

"또 화장하게요?"

케이트가 파운데이션의 거울로 자신을 비춰 보며 웃었다.

"호호, 오늘도 케이가 온다며, 우연을 가장한 만남을 가지려면 신경 좀 써야지."

"으휴…… 하여간."

"호호, 아비게일 너도 화장 좀 해. 그게 뭐니, 너 쌩얼이지?"

"됐어요, 에휴."

"여자는 평소에 신경을 써야 아름다울 수 있는 거야. 나 화장실 좀 다녀올게."

엉덩이를 살랑거리며 화장실로 향하는 케이트의 뒷모습을 보며 한숨을 쉬던 아비게일의 눈에 그녀의 책상 위에 놓인 화장품들이 보였다. 손을 뻗어 파운데이션 뚜껑을 열고 거울로 얼굴을 비춰 본 아비게일이 주위 눈치를 보며 몰래 화장을 하기 시작했다.

♪♫

오후 다섯 시.

폐장으로 인해 밖으로 안내되고 있는 일반 관람객들에게 문 앞에서 인사를 하고 있던 아비게일이 손목시계를 보았다.

건은 관람객들이 모두 빠져나간 후 약 십 여분 뒤에 도착할 것이었다. 옆에서 오늘 밤 클럽 약속을 잡고 있는 케이트의 통화를 훔쳐 들으며 안도의 한숨을 쉬던 그녀가 옆구리에 끼고 있는 서류철을 힐끔 보며 마음을 다졌다.

'조사는 충분히 했어, 오늘은 반드시 도움을 줄 거야.'

십 여분이 지나고 이제 문이 잠겨 한산해진 미술관 입구에서 추운 날씨에 입김을 뿜으며 손을 비비던 아비게일의 눈에 거대한 케딜락 에스컬레이드 차량이 들어왔다.

'뭐야, 대통령 경호원들이나 타고 다니는 방탄 차량이네. 보스를 찾아온 고위 계층 손님인가?'

의아한 눈으로 차를 바라보던 아비게일이 뒷문이 열리며 내린 사람을 보고 놀랐다.

"케, 케이?"

자신의 이름을 부르는 아비게일을 본 건이 한 손을 들어 올리며 웃었다.

잠시 차 안쪽을 향해 무언가 말한 건이 차 문을 닫고 다가오며 말했다.

"안녕하세요, 아비게일. 저 때문에 나와 계셨군요. 미안해요."

"아, 아아아아 아니에요."

"아직 이른 시간이니 식사 안 하셨죠?"

"네? 아, 네."

건이 가져온 종이봉투를 흔들며 웃었다.

"도시락 같이 먹어요, 헤헤."

"도…… 도시락이요?"

"네, 시즈카가 싸줬어요. 같이 먹어요, 우리."

"시, 시, 시즈카 미야와키가 도, 도시락을 싸줬다고요?"

"네, 친구니까요. 하하, 들어가요."

혼이 나간 표정으로 건에게 이끌려 미술관 내 직원 식당으로 향한 아비게일은 아무도 없는 식당 창가 자리에 자리를 잡고 시즈카가 싸준 도시락을 풀고 있는 건의 모습을 멍하니 보았다.

그런 아비게일을 본 건이 웃으며 자리를 권했다.

"어서 앉아요. 라이스 괜찮죠? 시즈카는 일본식 도시락을 싸 주긴 하지만 미국인 입맛에도 맞을 거예요."

"아…… 네, 고, 고맙습니다."

시즈카가 솜씨를 부렸는지 화려한 색의 반찬으로 장식된 멋진 도시락을 멍하니 내려다보던 아비게일 앞에서 아무렇지 않게 밥을 먹기 시작하던 건이 그녀가 옆에 내려둔 서류철을 보았다.

"그건 뭐예요?"

젓가락질을 해봤던 모양인지 잘 익은 장어구이를 들어 올리려던 아비게일이 젓가락을 내려놓고 서류철을 내밀었다.

"혹시 도움이 될까 해서 자료 조사를 좀 해봤어요."

"오? 어떤 자료인데요?"

"조르주 쇠라에 대한 전반적인 내용 모두예요."

"오오, 그래요? 고맙습니다."

젓가락으로 밥을 들어 입에 넣은 건이 음식을 씹으며 서류철을 펼쳤다. 서류에 집중하기 시작하는 건을 잠시 보던 아비게일이 황송한 눈으로 도시락을 보며 고개를 꾸벅 숙인 후 맛있게 도시락을 먹었다.

서류의 첫 장에는 조르주 쇠라의 생애에 대한 간단한 프로필이 기재되어 있어 관심이 갔지만 부유한 가정에서 태어나 노동자를 그린 그림으로 인해 파리 유수의 미술관에서 전시를 거절당했다는 이야기 말고는 별 소득이 없었던 건이 반찬을 집어 먹으며 다음 장을 넘겨보다가 눈썹을 꿈틀했다.

"조르주 쇠라에 대한 미셸 외젠 슈브뢸(Michel Eugene Chevreul)의 논문?"

시즈카의 도시락이 입맛에 맞았는지, 아니면 스타인 시즈카 미야와키가 싸준 도시락이라는 양념 때문인지 고개를 처박듯이 밥을 먹고 있던 아비게일이 입술에 밥풀을 묻히고 고개를 들었다.

"네, 슈브뢸은 오래된 태피스트리들을 복원한 프랑스 화학

자예요. 그가 쓴 논문에 조르주 쇠라의 빛과 색에 관한 연구가 예로 들려 있어서 가져와 봤어요."

잠시 아비게일을 보던 건이 다시 서류철로 시선을 옮겼다. 입안에 남은 음식물을 재빨리 씹어 넘긴 건의 눈이 빛났다.

'슈브뢸은 관찰자가 한 가지 색을 본 뒤에 정확히 반대되는, 보색의 '잔상'이 나타난다는 것을 알아냈다? 보색의 잔상?'

잠시 식사를 멈추고 집중하는 눈으로 논문의 간단한 설명을 읽어보던 건이 고개를 들었다.

"혹시 이 사람의 논문 원본을 찾아볼 수 있을까요?"

"그, 그럼요!"

밥풀을 튀어가며 소리친 아비게일이 자리에서 일어나려 하자 만류한 건이 웃었다.

"일단 식사하시고 난 후에요. 하하."

얼굴이 빨개진 아비게일이 창가에 비친 자신의 얼굴에 밥풀이 묻어 있는 것을 보고 더욱 고개를 숙였다.

식사를 마친 아비게일이 영국 내셔널 갤러리 교환 전시회장으로 건을 안내 후 요청한 자료를 프린트하기 위해 사무실로 뛰어갔다.

혼자 동그란 원형 방에 남겨진 건이 아비게일이 그를 위해 미리 준비해 준 의자를 정 중앙으로 끌고 와 언제나처럼 팔짱을 끼고 앉아 조르주 쇠라의 그림 두 점을 바라보았다.

"음…… '아스니에르에서의 물놀이'에서 내가 눈여겨봐야 할 것은 한 가지야. 바로 정면에서 허리를 구부정하게 굽히고 앉은 빨간 수영팬티를 입은 남자."

건이 그림 중앙에 가장 크게 그려진 남자의 모습을 바라보았다.

"분명 저 남자의 머리는 붉은색이다. 그런데 점묘법으로 찍은 점의 반 이상이 검은색이야. 반은 붉은색, 반은 검은색, 그리고 10%가량의 갈색 점이 찍혀 있지만, 여전히 나는 저 남자의 머리가 붉은색으로 보인다."

건이 고개를 돌려 바로 옆에 걸린 또 다른 그림을 보았다.

"그리고…… 두 번째의 그림 '그랑자트 섬의 일요일 오후'에서의 포인트는 분홍색 치마를 입고 아이의 손을 잡은 여인의 뒷모습. 정확히는 그녀의 분홍색 스커트다. 역시 검은색과 회색으로 명암이 표기되어 있지만 어떤 분홍색보다 빛에 비친 모습이 화사한 분홍색으로 보이고 있어."

의자에서 일어난 건이 그림에 조금 더 가까이 갔다.

"그리고 가장 가까이 보이는 이 부분. 그림에는 보이지 않지만, 언덕이나 건물로 인해 그늘진 곳에 앉아 있거나 서 있는 사람들은 분명 배경이 되는 색보다 어두운 곳에 서 있지만 입고 있는 옷의 색이 정확히 표현되어 있다."

그림 앞에 서서 팔짱을 끼고 심각한 눈으로 그림의 모든 부분을 뜯어보고 있는 건의 귀에 문이 열리는 소리가 들리고, 헐레벌떡 뛰어온 아비게일이 이백 장은 가뿐히 넘어 보이는 서류 더미를 내밀었다.

"요청하신 논문이에요!"

엄청난 두께의 논문을 본 건이 종이의 무게를 느껴보며 쓴웃음을 지었다.

"고맙습니다, 생각보다 많네요."

아비게일이 서류철에서 한 장의 종이를 더 꺼내며 말했다.

"혹시나 해서 짧게 정리된 것도 프린트해 왔는데, 보실래요?"

"오, 감사합니다. 큰 도움이 되네요."

건의 말에 기쁜 표정을 짓던 아비게일이 자신이 건넨 종이에 집중하는 건을 보고 조용히 물러났다.

건의 눈에 짧게 정리된 미셸 외젠 슈브뢸의 논문 내용이 들어왔다.

19세기에 미셸 외젠 슈브뢸(Michel Eugene Chevreul)과 오그던 루드(Ogden Rood), 다비드 주터(David Sutter) 등의 과학자들은 색과 광학 효과, 지각에 대한 논문을 썼다. 헤르만 폰 헬름홀츠나 아이작 뉴턴 등의 과학적 발견도 비과학자들도 이해할 수 있는 형태로 번역되었다.

슈브뢸은 당시 예술가들에게 가장 중요했을 것인데, 그가 원색과 중간색의 색상환을 만들었기 때문이다.

슈브뢸은 오래된 태피스트리들을 복원한 프랑스 화학자이다. 태피스트리들을 복원하면서 슈브뢸은 올바르게 어떤 부분을 복원하는 단 한 가지 방법은 없어진 울(양모로 만든 섬유) 주위에서 색상들의 영향을 고려하는 것이라는 것을 알게 되었는데, 그 주변의 염료가 무엇인지 모르면 정확한 색상을 얻을 수 없었다.

슈브뢸은 두 가지 색이 살짝 포개지거나 매우 가깝게 병치된 것이 멀리서 보면 다른 색깔로 보이는 효과를 낸다는 것을 발견했다. 이 현상의 발견은 신인상주의 화가들의 점묘화 테크닉의 기초가 되었다. 또 관찰자가 한 가지 색을 본 뒤에 정확히 반대되는, 보색의 '잔상'이 나타난다는 것을 알아냈다.

예를 들어 붉은색의 사물을 본 뒤에는 원래 사물에서 녹색 잔상을 보게 된다. 이러한 보색(예를 들어 빨강에는 녹색)의 잔상 효과는 망막의 지속성 때문이다. 색들의 상호작용에 흥미 있어 한 신인상주의 화가들은 자신들의 그림에 보색을 강하게 사용한다.

슈브뢸은 묘사할 물체의 색을 칠하기만 하지 말고, 조화를 얻기 위해 색상을 추가해 알맞게 조정하라고 예술가들에게 조언했다. 이 조화를 쇠라는 '정서'라고 불렀다.

프린트를 든 채 심각한 눈을 한 건의 눈에 마지막 단어가 들어왔다.

'정서라…… 왜 이런 단어를 선택했는지는 모르겠지만, 보색의 잔상이라는 것은 아주 흥미롭다. 내가 보고 있는 붉은 머리의 남자도, 분홍색 치마를 입은 여자도 이런 효과로 인해 정확한 색을 인지하게 된 것이겠지. 그리고 그것은 아마 주위의 배경색과도 관계가 있을 거야.'

건이 다시 고개를 들고 그림을 보자 아비게일이 주먹을 꼭 쥐며 긴장된 눈빛을 했다.

'일단 도움이 되는 것은 성공했어! 이제 한 걸음 더 나아갈 때야.'

발소리가 나지 않게 건의 옆에 선 아비게일이 그의 집중력을 깨뜨리지 않으려는 듯 작지만 차분한 목소리로 말했다.

"보통 천재적인 예술가들에 관한 공부를 하다 보면 '광기'에 대한 이야기를 많이 듣게 되어요, 그런데 조르주 쇠라를 알아가다 보면 그런 광기와는 정반대인 '학구열'과 '탐구 정신'을 듣게 되죠. 학교 도서관에서부터 시작한 그의 연구 작업은 과거와 당대의 거장들의 작품뿐만 아니라 광학 이론, 기하학, 인체 비례 등 회화와 관련된 과학적 지식까지 방대한 것이었다고 해요."

건이 살짝 고개를 끄덕이며 자신의 이야기에 귀를 기울이는 것을 본 아비게일이 침을 꿀꺽 삼키며 말했다.

"조르주 쇠라는 네덜란드 출신의 화가이자 판화가인 욍베르드 쉬페르빌이 쓴 '절대적인 미술 기호들에 관한 평론'에 큰 관심을 보였어요. 쉬페르빌은 이 '평론'에서 선과 색채를 인간의 정서를 표현하는 기호라고 하는 표현이론을 주장했거든요."

그림에 시선을 집중하고 있던 건이 아비게일을 돌아보았다.

그녀에게 시선을 집중한 채 머릿속에 떠오르는 생각을 정리하고 있던 건이었지만 자신에게 시선을 꽂은 채 집중하는 표정을 짓고 있는 건을 본 아비게일이 정신을 놓아버렸다.

'세, 섹시해!'

뭔가에 집중하고 있는 남자의 표정은 아름다웠다. 그것도 건과 같은 미남이 살짝 인상을 쓰고 자신을 바라보며 생각을 정리하는 표정은 아비게일의 정신을 멀리 날려 버렸다.

잠시 천장으로 시선을 돌리며 눈을 굴리던 건이 아비게일에게 말했다.

"조금 더 설명을 부탁해도 될까요?"

"네, 네? 아! 네, 네!"

아비게일이 당황하며 급하게 서류철을 펴다가 서류철에 고정해 둔 서류들이 바닥에 떨어졌다.

"앗! 죄, 죄송해요."

바닥에 쪼그리고 앉아 떨어진 종이를 줍는 아비게일을 도와 서류 한 장을 든 건의 눈이 서류에 쓰인 문장에 고정되었다.

"상향하는 사선은 동요, 격동, 폭발을 나타내는 기호이고 그 색채는 빨강이고, 수평선은 평형과 평온, 질서를 나타내는 기호이고 그 색채는 흰색이며, 하향하는 사선은 은둔과 깊이, 그림자를 나타내는 기호이고 그 색채는 검정이라는 것이다?"

스커트를 입은 터라 다리를 모으고 쪼그려 앉아 낑낑대며 서류를 줍던 아비게일의 건의 말을 듣고 서류철에 종이들을 끼워 넣으며 말했다.

"네, 쇠라의 마지막 작품인 '서커스'를 보면 그러한 이론들을 잘 반영했다는 것을 알 수 있어요."

건이 입술을 내밀며 다시 종이를 보았다.

"그 서커스라는 작품은 뉴욕 메트로 폴리탄에 없겠죠? 그 작품도 영국 내셔널 갤러리에 있나요?"

"아니에요, 그 작품은 프랑스 파리의 오르세 미술관에 있어요. 미완성 작품이라 다른 전시장에 대여해 주지 않는 작품이거든요."

"아…… 조르주 쇠라가 프랑스 화가였죠, 참."

한참 입술을 삐죽거리며 서류를 보던 건이 핸드폰을 꺼내 조르주 쇠라의 서커스를 검색했다. 화면에 떠오른 이미지를 본 건이 좀 더 자세히 보려는 듯한 부분을 확대했다.

그림 오른쪽에 보이는 검은 턱시도를 입은 남자의 정장 하의를 본 건이 고개를 끄덕였다.

'이 남자의 검은 정장 하의, 노란색과 검은색이 합쳐졌지만, 노란빛을 받은 검은색 정장임이 확연히 보인다. 확실해졌어. 이 사람의 작품을 연구해야 한다.'

건이 자신을 방해하지 않으려는지 조금 떨어져 있는 아비게일을 보며 미소를 지었다.

"오늘 큰 도움이 되었어요. 이제 전 그림을 더 볼 테니 일 보세요. 꼭 옆에 계시지 않아도 되니까요."

아비게일은 아무 일이 없더라도 건의 옆에 있고 싶었지만 그를 방해하고 싶지도 않았기에 살짝 고개를 끄덕였다.

"근처에 있을게요. 혹시 필요한 것이 있으면 불러주세요."

"네, 고마워요, 아비게일, 밥 한번 살게요."

"네? 바, 밥을요?"

"네 싫어요?"

"아! 아니에요! 조, 좋아요!"

"그래요, 그럼 따로 약속 잡을게요."

"네, 네!"

혼이 날아간 아비게일이 왕에게서 멀어지는 신하처럼 뒷걸음질을 치며 나갔다. 동그란 방에 혼자 남은 건이 아비게일이 놓고 간 두꺼운 논문을 허벅지 위에 올리고 한 장씩 넘겨보았다.

조용한 방에 건이 논문을 넘기는 소리만 사각사각 울리고, 침묵이 방을 맴돌 때 건의 뒤 그림과 그림 사이의 벽에서 새하얀 얼굴 하나가 솟아올랐다. 그림 사이의 벽에 나타난 새하얀 얼굴은 무척 괴이했지만 엄청난 미남의 얼굴이라 마치 그림 사이에 누군가 조각을 해둔 것 같았다.

얼굴의 반이 드러나자 건이 꿈에서 본 암두시아스의 얼굴이 드러났다. 눈을 감고 있던 그의 눈이 뜨여지며, 눈동자가 건의 뒷모습에 꽂혔다.

'네 가지의 감정. 그것이 인간의 한계이다. 만약 네가 그 한계를 넘는다면, 나는 네 힘을 빼앗아야 할지도 몰라. 선을 지켜라, 아이야. 그 선을 넘으면 가마긴 각하라도 널 지킬 수 없을지도 모른다.'

언제나 반쯤 장난스러웠던 암두시아스의 눈빛이 깊게 빛났다. 약간 무서운 표정으로 건의 뒷모습을 노려보던 그의 눈썹이 일순간 치켜 올라가며 벽 뒤로 얼굴을 숨겼다.

그리고 그와 동시에 건이 있는 방문이 벌컥 열렸다. 조용한 방에서 갑자기 열린 문소리에 집중력이 깨진 건이 얼굴을 들고 놀란 표정을 지었다.

"응? 린 이사님? 여긴 어떻게 들어오셨어요?"

평상시와는 다르게 문고리를 잡고 선 린이 날카로운 눈으로 건의 뒤편 벽을 노려 보았다.

린의 이상한 행동에 뒤를 돌아본 건이 그림만이 걸려 있는 벽을 본 후 의아한 표정으로 일어났다.

"이사님?"

린이 방을 한 번 더 훑어본 후 건을 보았다.

평상시와 다르게 무서운 표정을 짓고 있는 린이 생소했던 건이 물었다.

"왜 그러세요? 무슨 일 있어요?"

건을 보던 린이 어느 순간 화사하게 웃었다.

"말씀드릴 것이 있어서 왔어요. 잠깐 차 한잔할까요?"

갑자기 웃는 린의 모습을 이상한 눈으로 보던 건이 다가왔다.

"지금이요?"

"네, 비즈니스에 관한 일이에요."

"아…… 지금 몇 시예요?"

"아홉 시예요."

건이 놀란 표정으로 의자 위에 놓인 논문 뭉치를 보았다.

"헉! 벌써요? 잠깐 봤다고 생각했는데…… 오늘도 아비게일이 저 때문에 고생했네요, 나가요 그럼."

건이 논문을 챙겨 밖으로 나가자 혼자 원형의 방에 남겨진 린이 한쪽의 벽을 노려보다가 조용히 문을 닫았다. 그녀의 눈이 문이 닫히는 순간까지 방 안을 노려보고 있었다.

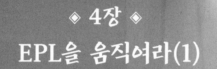

◈ 4장 ◈

EPL을 움직여라(1)

　건의 차에 함께 탄 린이 브루클린 브릿지로 가는 길목에 있는 Cafe Habana로 들어갔다.

　얼굴을 가린 건 대신 먼저 들어가 가장 구석 자리의 기둥 뒷자리를 잡은 린이 주문한 커피를 가지고 테이블로 이동 후에야 건이 들어왔다.

　린이 자리를 먼저 잡고 커피까지 시켜둔 것을 본 건이 미안한 표정을 지었다.

　"이사님께 잔심부름을 시키는 것 같아 죄송하네요."

　"아니에요, 앉으세요."

　건이 자리에 앉은 후 커피를 입에 가져가며 물었다.

　"비즈니스 관한 문제라고 하셨죠? 무슨 일 있나요? 병준 형에게 방송 관련된 일은 안 한다고 했는데, 혹시 공연이라도 잡힌 거예요?"

린이 팔꿈치를 테이블에 대고 몸을 약간 앞으로 숙이며 말했다.

"아니에요, 공연은 아니고, 방송도 아니죠. 실은 EPL에서 연락이 왔어요."

"EPL? 영국 축구 리그 말씀이세요?"

"네 맞아요. 리버풀 사운드 시티가 워낙 화제가 되었기에 발생한 일인 것으로 보입니다."

"무슨 일인데요?"

"한 구단에서 몬타나의 'Fury'를 구단 응원가로 사용하게 해달라는 요청이 왔어요. 정식 앨범이 아닌 'Second Fury' 말이죠."

"아, 그래요?"

"네, 우리 입장에서는 좋은 기회입니다. 아무것도 하지 않고 사용료만 받으면 되는 것이거든요."

"네, 뭐. 문제없긴 한데…… 응원가는 보통 팬들이 모두 따라 부를 수 있는 음악을 쓰지 않나요?"

"보통은 그렇죠, 하지만 이번 곡은 스포츠 경기에서 관객의 흥분을 최고조로 끌어올릴 수 있는 곡이라 요청된 것으로 보고 있어요. 아마 따라 부르기보다는 BGM처럼 깔아두는 음악으로 쓰이겠죠."

"음…… 그렇군요. 어떤 구단이에요? EPL이면 대단한 구단들이 많은데."

"아스날입니다."

"오, 앙리가 뛰던 아스날이군요!"

"전 축구에 관심이 없어서 축구 선수는 모릅니다만, 유명한 구단이라고 하더군요."

"네, EPL 5대 구단 중 하나고, 유서 깊은 구단이에요. 그런 구단에서 제 음악을 써준다면 영광이죠."

"그럼 허락하시는 것으로 알겠습니다."

"음…… 잠깐만요"

팀 이름을 듣고 좋아하던 건이 갑자기 인상을 찌푸리며 고민에 빠지는 것을 본 린이 조용히 그를 기다렸다.

한참 고개를 갸웃거리며 고민하던 건이 잠시 후에야 입을 열었다.

"내일 답해 드려도 될까요?"

"상관없습니다. 우리 쪽이 요청한 것도 아니니까요. 그런데 무슨 문제라도 있나요?"

"아…… 문제는 아니고, 제가 지금 연구하고 있는 것이 있어서 이 기회에 뭔가 시도해 볼 수 있는 것이 있을지 고민해 보려고요."

"시도? Fury를 또 바꾸시려는 건가요?"

건이 손을 휘휘 저으며 웃었다.

"아니에요. 어떤 시도를 해야 할지도 아직 모르는걸요, 고민 좀 더 해보고 말씀드릴게요."

"가급적 Fury에 또 손을 대는 것은 지양해 주셨으면 해요. 한 번은 신선하지만 반복되면 좋은 반응을 얻기 어렵습니다."

"네, 이사님. 명심할게요."

잠시 근래의 건 주위에서 일어나는 일상적인 것들을 묻던 린이 조심스러운 말투로 물었다.

"병준 실장님께 들었어요. 키스카에게 전화가 왔었다지요?"

건의 얼굴이 살짝 어두워졌다.

"네, 왔어요."

잠시 건의 얼굴을 살피던 린이 고개를 저으며 자리에서 일어났다.

"괜한 것을 물은 것 같군요, 건 씨가 알아서 잘 하시리라 믿어요, 오늘은 이만 일어나죠."

자리에서 일어나는 린을 본 건이 싱긋 웃으며 말했다.

"이래서 전 이사님이 좋아요, 하하"

싱긋 웃은 린이 택시를 타고 호텔로 떠나자 건이 자신을 기다리는 조직원의 차에 올라타 레드 케슬로 돌아왔다. 불이 환하게 켜진 별채를 본 건이 문을 열자 거실 소파에 앉아 팬티만 입고 있던 병준이 한 손을 들었다.

"여어, 왔어?"

"키스카가 없으니 팬티 차림으로 있어도 돼 편하겠어요."

"어, 그래. 그거 하나는 편하다."

코트를 벗은 건이 주머니에서 구형 핸드폰을 꺼내자 병준이 물었다.

"그 후로 전화 온 것 있어?"

건이 쓴웃음을 지으며 옷걸이에 코트를 걸었다.

"아니요."

"네가 하면 되잖아?"

건이 소파로 와 털썩 주저앉았다.

"그냥, 키스카가 통화하고 싶을 때 하고 싶어서요. 날 미워하고 있을지도 모르잖아요."

병준이 발을 건의 얼굴 쪽으로 내밀며 말했다.

"하여간 이 둔탱이는 뭘 몰라요. 키스카는 어려도 여자라고. 여자라는 동물은 남자가 전화해 주기를 밤새도록 기다리면서도 자기는 절대 먼저 걸지 않는 존재야."

건이 인상을 쓰며 병준의 발을 치웠다.

"발 치우고 말해요."

병준이 누워 있던 몸을 일으키며 말했다.

"여자란 생물은 말이야, 이해하려고 들면 안 돼. 그냥 인정해야지. 남자와 여자는 저그와 프로토스 같은 사이란 말이다, 서로 언어가 통하지 않아. 같은 말을 해도 서로 다르게 이해하는 이 종족이라고, 알아?"

건이 인상을 쓴 채 병준을 보며 말했다.

"모르겠는데요."

"아씨, 이 둔탱이! 네 맘대로 해라!"

건이 피식 웃으며 방으로 들어가려 하자 병준이 뒤에서 물었다.

"린 이사님 만났지? EPL 이야기 들었어?"

"네, 들었어요."

"그래, 할 거지? 우리가 해야 할 일도 따로 없고 꿀 빠는 건데 당연히 해야지."

"네, 그런데 실험해 볼 게 있어서 내일 이야기하려고요."

"실험? 뭔…… 뭐 하여간 하긴 할 거지?"

"네, 할 거예요."

"그럼 됐어. 쉬어라."

"네. 형도 쉬세요."

방으로 들어온 건이 편한 옷으로 갈아입은 후 간단히 씻었다. 수건을 목에 두르고 다시 방으로 온 건이 아비게일이 챙겨준 논문 뭉치를 펴 침대 위에 앉는데 핸드폰이 진동했다.

"응? 이 시간에 누구지?"

전화기를 꺼내 확인한 건의 눈이 커졌다. 진동을 울리고 있는 것은 자신의 전화기가 아니었기 때문이다. 황급히 책상 위에 올려둔 구형 핸드폰을 집어 든 건이 숨을 고르고 전화를 받았다.

"······여보세요?"

-······.

"키스카?"

-······.

대답 없는 상대를 불러 본 건이 침대에 앉아 무릎에 고개를 파묻었다.

"있잖아, 그레고리가 널 데려간다고 말할 때, 많이 서운했어. 아니, 보내고 싶지 않았다는 게 맞겠지. 하지만 내 입장에서는 어떻게 할 수 없었어. 이해해 주면 안 돼?"

-······.

건이 한숨을 쉰 뒤 그저 가만히 전화기를 들고 있자 한참 뒤에 키스카의 앳된 목소리가 울렸다.

-······나 안 보러 올 거야?

건이 다시 한숨을 쉬었다.

잠시 침묵하던 건이 속으로 그레고리와의 대화를 떠올려 본 후 머뭇거리며 말했다.

"지금은 안 돼, 미안해."

―…….

"키스카, 할머니 만났어?"

―…….

"할머니는 좋은 분이셔?"

―…….

"우리 할머니는 얼마 전에 돌아가셨어. 많이 보고 싶다."

―…….

"오늘 난 종일 미술관에 있었어. 음악 연구를 할 게 좀 있어서 말이야."

―…….

"린 이사님을 만나서 아이스크림 팩토리에서 가까운 카페에 가서 커피도 마셨어."

―…….

"지금은 집이야. 병준 형은 여전히 거실에서 팬티 바람에 누워서 핸드폰 게임을 하고 있어."

―…….

키스카가 답을 하든 말든 오늘 있었던 일을 주저리주저리 이야기하는 건이었다. 오늘 하루 일뿐 아니라 영국에서 있었던 일들과 케빈의 바보짓에 대해 웃으며 말하던 건이 약 십여 분을 혼자 떠든 후 나직하게 말했다.

"다음엔 내가 먼저 걸게."

여전히 답이 없는 전화기를 들고 한숨을 쉰 건이 인사를 건 냈다.

"잘자, 키스카."

─……끊지 마.

"응?"

─……끊지 말라고. 책 읽어줘.

"어…… 책?"

─잘 거야. 그러니까 책 읽어줘.

"아, 아 알았어! 잠깐만!"

황급히 일어난 건이 서재를 뒤져 아무 책이나 골랐다. 침대에 앉아 책을 편 건이 헛기침을 한 후 말했다.

"그럼…… 읽어줄게. 잘자 키스카."

─…….

책을 잘못 골랐는지 글이 많은 동화책이었다. 결국, 책 한 권을 다 읽는데 30분이 넘게 걸린 건이 마지막 줄을 읽은 후 조용히 키스카의 기색을 살폈다. 숨소리를 듣고 자는 것을 파악하고 싶었지만 아무 소리도 들리지 않아 그것마저 쉽지 않았던 건이 작게 말했다.

"잘자, 키스카."

─내일도 전화해.

전화를 끊으려던 건이 키스카의 목소리를 듣고 작게 웃었다.

"응."

-끊어.

"응, 잘자."

끊어진 전화를 한참 내려다보던 건의 얼굴에 미소가 지어졌다.

양팔을 들고 크게 기지개를 켠 건이 옆에 놓아둔 논문 뭉치를 집어 들었다.

"좋아! 오늘 밤은 연구로 불살라야지!"

왜인지 에너지가 넘치는 건이 넘겨보던 페이지를 찾은 순간 방문이 벌컥 열리며 팬티만 입은 병준의 경악한 얼굴이 튀어나왔다.

"거, 건아!"

무슨 일인가 싶어 논문을 치우고 눈을 동그랗게 뜬 건에게 병준이 한 손에 든 전화기를 들며 외쳤다.

"바, 방금! 키, 키스카가 나한테 전화를 했어!"

"예?"

놀란 건이 입을 벌리고 있다가 물었다.

"형한테 전화를요? 뭐라고 하는데요?"

병준이 표정을 일그러뜨리며 전화기를 꼭 쥐었다.

"바지 입으라는데?"

"네? 푸하하하하하!"

웃음이 터져 침대를 굴러다니는 건을 내려다보던 병준이 머리를 긁적거리다가 이내 웃음을 지었다.

"나한테 한 첫 말이 바지 입으라고 하는 건 별로 마음에 안 들지만 키스카가 처음 전화해 줬다! 으하하! 네가 아니고 나한테! 알았냐? 내가 키스카한테 이 정도란다, 으하하, 으하하!"

웃다가 눈물이 날 지경이 된 건이 배를 들썩이며 침대에 대자로 누웠다.

"아하하, 아하하!"

우월감에 가득 찼던 병준이 건의 반응이 예상과 다르자 눈을 가늘게 뜨며 물었다.

"뭐야, 안 서운해? 이 반응은 뭐지?"

"크하하하, 크하하하하!"

"뭐야, 이 자식아! 말해!"

병준이 침대로 달려들어 건의 목을 조르자 얼굴이 빨개지면서도 웃음을 멈추지 않은 건이 탭아웃을 쳤다.

"와하하, 와하하! 알았어요, 놓으면 말해줄게요, 와하하!"

병준이 슬며시 팔을 놓자 아직도 웃음이 멈추지 않은 건이 침대에서 기다시피 내려가며 방문을 잡았다.

"크크크크, 형이 바지 벗고 있는 걸 누구한테 들었다고 생각해요?"

무슨 소리인지 순간 파악이 안 된 병준이 고개를 갸웃하자 건이 잽싸게 방문을 열고 나갔다.

잠시 건의 방에서 생각에 잠겼던 병준의 표정이 점점 일그러졌다.

"내 이놈의 자식을 그냥! 야 인마! 이리 와!"

팬티만 입고 거실로 뛰어나간 병준의 눈에 옷까지 챙겨 입고 별채 밖으로 도망가는 건의 뒷모습이 들어왔다.

"너 잡히면 죽어! 키스카한테 그런 말 왜 해! 이리 와!"

별채 문을 열고 정원으로 달려 나가는 건이 밤하늘에 걸려 있는 둥근 달을 보며 크게 웃었다.

"와하하하하!"

그리고 그 날 밤. 레드 케슬의 조직원들은 한겨울에 팬티만 입고 정원을 질주하는 멧돼지 한 마리와 그를 피해 도망가는 한 인간을 구경하기 위해 안주와 맥주를 들고 정원에 모여들었다.

정원에서 병준과 한바탕 추격전을 벌이고 들어온 건이 오랜만의 운동으로 상쾌해진 몸과 마음으로 침대에 누웠다.

기분이 좋아진 건이 누운 채 목 뒤로 손을 넣고 다리를 까딱이며 콧노래를 하다가 벌떡 일어나 논문을 집어 들었다.

"잠도 안 오고, 연구나 더 하다 자야겠다."

새벽녘까지 논문을 보던 건이 어슴푸레 밝아오는 창가를 보다가 빈 오선지를 들었다.

한참 뭔가를 끄적거리던 건의 손에 힘이 풀리고 한순간 잠들어 버린 건의 목이 꺾이자, 그의 방 천장에서 불길한 검은빛이 터져 나왔다. 소용돌이치던 검은 빛에서 암두시아스의 얼굴이 나왔다. 얼굴부터 목, 어깨, 상체 순으로 천장에서 빠져나온 암두시아스가 거꾸로 선 채 침대로 내려와 물구나무 자세로 건이 그리던 악보를 집어 들었다.

잠시 악보를 보던 암두시아스가 잠이 든 건을 힐끔 본 후 거꾸로 선 자세 그대로 다시 천장으로 빨려 들어가며 나직하게 웃었다.

"아직 벽을 뛰어넘지는 못했구나. 하지만 지켜보지."

천장에 소용돌이치던 검은빛이 사라지고 다시 조용해진 방에서 건이 나직하게 코를 골며 기분 좋은 잠을 자고 있었다.

다음 날.

늦은 오전이 되어서야 자리에서 일어난 건이 세수를 하자마자 린에게 전화를 걸었다.

건의 전화를 기다리고 있었는지 전화벨이 한 번 울리고 바로 전화를 받은 린이 말했다.

-네, 건 씨. 기다리고 있었습니다.

세수를 하고 거울을 보고 있던 건이 너무 빠르게 전화를 받은 린 덕에 잠시 놀라며 말했다.

"아, 빨리 받으시네요."

-아침부터 아스날에서 확인 전화가 와서, 건 씨의 연락을 기다리고 있었으니까요.

"아, 그러셨구나. 일단 한 가지 조건만 승낙하면 허락한다고 전해주세요."

-조건이라니요?

건이 방으로 가 어제 작성한 악보를 들었다.

"곡 하나 더 써달라고 해주실래요? 노 개런티로."

-노 개런티로요? 왜 그런 짓을…….

"새로 만들 음악의 습작으로 만들어본 음악이 있어요. 스포츠 경기에서 쓰이면 좋을 것 같은데 테스트를 좀 해보고 싶거든요."

-음…… 음악 샘플이 있나요?

"아니요, 오늘 새벽에야 작업이 완료되어서 샘플은 없어요. 조건이 받아들여진다면 바로 만들어 드릴 수 있고요."

-네, 일단 알겠습니다. 의사를 타진해 보죠.

"네, 그런데 조건을 제시하실 때 새로 전달할 음악은 꼭 팀이 지고 있을 때 틀어달라고 전해주시겠어요?"

-예? 팀이 지고 있을 때요?

"네, 그것이 제 조건이에요."

-음…… 알 수 없는 조건이지만 일단 알겠습니다. 그렇게 전해 볼게요. 그럼 Fury를 사용하는데 게런티는 어떻게 하시겠어요?

"그건 이사님 재량에 맡길게요. 하지만 Fury는 몬타나에게도 지분이 있으니 최대한 잘 받아주세요."

-네, 알겠습니다. 그럼 다시 전화 드리죠.

린과 전화를 끊자 뒤에서 건의 목을 조르는 굵은 팔목이 느껴졌다.

"잡았다 이놈의 자식."

"허억! 병준 형!"

"너 쫓아다니다가 허벅지에 쥐가 나서 밤새 고생했다. 오늘 염라대왕이랑 하이파이브하고 오자, 응?"

"아하하…… 형 저 할 말 있는데!"

"뭔데? 이 상태로 해."

건이 한 손에 쥐고 있던 악보를 흔들며 말했다.

"새 노래! 새 노래예요 이거!"

"뭐? 새 곡 썼어?"

병준이 건의 목을 풀고 악보를 잡자 건이 후다닥 물러났다. 그런 건을 힐끔 본 병준이 피식 웃으며 악보를 보다가 고개를 갸웃했다.

"가사는?"

건이 눈을 굴리며 도망갈 곳을 찾았다.

하지만 자신의 방 안에 있던 건이 도망갈 곳은 없었다.

"아하하…… 가, 가사는 이제부터 만들어야죠."

"응, 그래. 수고했다. 자 악보 받아."

병준이 내민 악보를 받아 드는 순간 손목을 잡고 비틀려 하자 미리 눈치채고 있던 건이 병준의 배를 들이받았다.

"으헉!"

뒤로 나자빠지는 병준을 뛰어넘은 건이 재빨리 옷걸이에서 코트를 빼 문밖으로 달려 나갔다.

"형! 나 작업하러 가야 해서, 나중에 봐요!"

"이놈의 자식이! 야, 야. 거기 서봐."

바닥에 주저앉은 채 자신을 부르는 병준을 돌아본 건은 언제든 도망갈 수 있게 문고리에 손을 올려두고 있었다.

그 모습을 본 병준이 실소를 지으며 말했다.

"방금 보여준 곡 작업하러 가는 거야?"

"네, 샘플 음악 보내줘야 하거든요."

"어디에?"

"아스날에 보내주려고요."

"Fury 아니고?"

"그것도 쓰고 이것도 쓰게 하려고요, 이건 공짜예요."

"쯧쯧, 또 돈 안 되는 짓 하네."

"이건 일종의 연구를 위한 실험이라 오히려 제 쪽에서 돈을 지불하고 테스트해도 모자란 일이라고요."

"그래? 음…… 녹음은 어쩌게?"

"그냥 제가 하려고요."

병준이 입술을 내밀며 잠시 고민하던 표정을 지은 후 말했다.

"건반 들어가냐?"

건이 악보를 본 후 고개를 저었다.

"아니요, 왜요?"

"음, 못 넣나?"

"넣으려면 넣을 순 있죠. 그런데 왜요?"

병준이 몸을 일으키자 건이 긴장했다.

그 모습을 본 병준이 양손을 들며 공격 의사가 없음을 표했다.

"시즈카 좀 챙겨줘라. 친구란 놈이 전화도 좀 자주 하고 그러지. 안 그래도 걔 친구 없는 거 알면서."

몸을 툭툭 털며 말하는 병준의 말을 들은 건의 표정이 살짝 변했다.

"왜요? 무슨 일 있었어요?"

터덜터덜 걸어 소파에 털썩 주저앉은 병준이 소파의 등받이에 양팔을 올리고 한숨을 지었다.

"원래 친구 없는 애였잖아. 기분 전환할 땐 혼자 시내를 걷거나, 혼자 여행을 다녔는데 데뷔하고 나서는 얼굴이 팔려서 못하고 있어. 항상 집에 있을 땐 우울해 보인단 말이야. 그런데 너한테 가끔 전화가 오거나 네 도시락을 싸줄 때만은 엄청 밝아 보인단 말이지. 그래서 네가 좀 도와줬으면 하는데 어때? 대신 더 이상 키스카 전화 사건으로 폭력을 쓰지 않는다고 약속하마."

건이 의심스러운 눈초리로 병준을 노려보았다.

"진짜죠?"

"그래, 진짜라니까."

"시즈카 오늘 스케줄 있어요?"

"아니, 한 삼일 정도는 쉬게 하려고, 요새 우울해 보여서."

"알았어요, 가다가 시즈카 집에 들러서 데려갈게요."

"그래? 웃차! 그럼 같이 가자."

병준이 자리에서 일어나자 건이 몇 걸음 물러나며 소리쳤다.

"다가오지 말아요!"

"안 한다고 이놈아!"

"그래도 갑자기 다가오지 마요!"

"이씨, 알았어. 옷 입고 올 테니까 기다려."

옷을 입으러 방에 들어가는 병준에게 시선을 떼지 않고 경계의 눈길을 보내던 건이 그가 완전히 방으로 사라지자 안도의 한숨을 쉬며 웃었다.

별채 밖으로 나와 근처의 조직원에게 차를 부탁한 건이 별채 계단에 앉아 시즈카에게 전화를 걸었다.

다른 일을 하고 있었는지 한참 수화음이 간 후에 시즈카의 다급한 목소리가 들려왔다.

-여, 여보세요! 케, 케이?

"응, 시즈카. 뭐 하고 있어?"

-저, 전 그냥…… 지, 집에서 책 읽고 있었어요.

"그 거짓말 진짜야?"

-헉! 어, 어떻게…….

"아하하하하하, 시즈카는 순진해서 놀리면 재미있어, 하하하."

-잉…… 놀리지 마요.

"아하하, 알았어. 지금 병준 형이랑 같이 집으로 갈게. 오늘 스케줄 없지?"

-아…… 네 없긴 한데…….

"응, 그럼 나 좀 도와줘. 녹음 일이 하나 있어서."

-아! 알겠어요! 준비하고 있을게요.

"응 한 30분 내로 갈 거야."

-네!

전화가 끊기기 전 우당탕하는 소리가 들려오는 것을 봐서는 남은 30분 동안 시즈카는 플래시맨보다 빠른 몸놀림으로 샤워와 화장을 할 것이라는 생각이 든 건이 웃음을 짓다가 다시 전화기를 들었다.

두 번의 신호음이 간 후 전화를 받은 상대는 아직 자고 있었는지 자다 깬 듯한 목소리로 전화를 받았다.

"음냐…… 여보세요."

-케빈, 나야, 케이.

"어, 그러냐. 왜?"

-오늘 뭐 해?

"나야 뭐 할 일 없는데, 왜?"

-나 좀 도와줘.

"엉? 잠깐만."

전화기 너머로 뭔가 부스럭거리는 소리가 나더니 훨씬 정신이 멀쩡해진 목소리가 울렸다.

-다시 말해봐, 방금 뭘 도와달라고 한 거야?

"응, 샘플 녹음할 곡이 하나 있거든."

-아씨, 깜짝 놀랐잖아. 주어를 먼저 말해 다음번에는! 무슨 일 있는 줄 알았네. 알았어, 어디로 가면 돼?

"링컨 센터 지하."

-알았어, 그런데 나 어제 호세랑 술 마셔서 숙취가 좀 있다. 뭐 좀 먹고 속 풀고 가려면 두 시간 정도 걸려.

"하하, 알았어."

-그래 이따 보자.

"아! 저기 케빈!"

-왜?

"너 지난번에 시즈카 소개해 달랬잖아."

-헉! 어! 어어 그랬지!

"30분 뒤에 시즈카 만나서 같이 갈 거야. 오늘 인사해."

우당탕탕! 와지끈!

전화기 너머로 울리는 굉음에 인상을 쓴 건이 귀에서 전화기를 뗐다가 다시 말했다.

"무슨 소리야, 이거?"

-30분 내로 간다.

"응?"

-30분 내로 간다고! 끊어!

끊겨버린 전화기를 내려다보던 건이 피식 웃었다. 잠시 후 옷을 입고 나온 병준과 시즈카의 집에 간 건은 풀메이크업 상태로 피크닉이라도 가는지 간단한 먹을거리까지 싸 들고 기다리는 시즈카를 볼 수 있었다.

건을 보고 발그레한 미소를 보내는 시즈카를 본 병준이 건의 어깨를 툭툭 치며 속삭였다.

"너 지난번에 미술관 갈 때 도시락 싸주던 게 쟤가 마지막으로 웃은 날이었어. 그리고 오늘이 그 후에 처음 웃는 거다. 친구라면 신경 좀 써줘."

병준을 힐끔 보고 살짝 고개를 끄덕인 건이 팔을 내밀며 말했다.

"가실까요?"

수줍은 미소를 지으며 건의 팔짱을 낀 시즈카가 행복한 표정으로 집을 나섰다.

시즈카의 오피스텔에서 링컨 센터로 이동한 세 사람의 눈앞에 좔좔 흐르는 기름진 머리를 뒤로 넘기고 턱시도 위에 검은 코트를 입고 기타를 맨 케빈이 기둥에 손을 올리고 폼잡고 있는 것이 들어왔다.

병준과 건이 자기를 보고 크게 웃음을 터뜨리자 부끄러워하면서도 힐끔거리며 시즈카를 보는 케빈이었다.

연습실로 내려와 서로 인사를 하고 케빈과 시즈카도 친구가 되기로 하였다. 아직 서로 어색하지만 전화번호도 교환했으니 젊은 두 사람은 곧 친해질 것이라고 생각한 건이 미리 복사해

온 악보를 나누어주었다.

"아직 밴드 스코어로 만들어둔 것이 아니라 지금 작업해야
해. 오늘 내로 끝내자."

케빈이 바닥에 주저앉아 악보를 읽어보다 물었다.

"가사가 없네? 마지막에 붙이게? 그럼 어떤 느낌으로 연주해
야 할지 알려줘야 뼈대를 짜지."

시즈카 역시 동의한다는 표정으로 건을 보았다. 건이 두 사
람을 내려다보며 싱긋 웃었다.

"케빈은 오늘따라 힘이 없는 시즈카에게 응원의 메시지를
보내는 기분으로, 시즈카는 내게 도시락을 싸줄 때 기분으로
연주해 주면 돼."

케빈이 시즈카를 보다가 서로 눈이 마주치곤 얼굴을 붉히며
말했다.

"응원의 메시지? 도시락? 그게 무슨 소리야?"

두 사람을 번갈아 보던 건이 허리춤에 손을 올리고 밝게 웃
었다.

"사랑하는 상대가 혹은 친구가 힘을 내길 바라는 응원의 마
음, 그것을 기초로 뼈대를 만들어주면 돼."

케빈과 시즈카가 들고 있는 악보의 자주색 음표에서 주황색
테두리가 뿜어내는 빛이 연습실에 흘러나왔다.

악보를 쥐고 세세히 살펴보던 케빈이 고개를 갸웃하며 턱을

썼다.

"이거…… 아직 미완성 단계야?"

시즈카 역시 동조하며 바닥에 앉아 턱을 괴고 악보를 보고 있는 건을 보았다.

악보에 시선을 둔 채 고개를 끄덕인 건이 짧은 숨을 내쉬며 말했다.

"응, 아직 미완성이야. 오늘 완성시키려고."

"음…… 그렇구나."

이번에는 키보드에 앉아 악보를 보면대 위에 올려놓고 속으로 박자를 세는 듯 허벅지를 가볍게 때리던 시즈카가 물었다.

"음, 라르게토(Larghetto)로 시작되는데 셈여림표가 끝없이 빨라지는 곡이네요."

케빈이 뒤늦게 빠르기를 확인한 후 동조했다.

"그러네. 라르게토면 조금 느린 곡이란 뜻인데, 셈여림표가 재미있네. 처음 여덟 마디가 지나고부터는 Forte(세게), 열여섯 마디부터 Crescendo(점점 세게), Verse 1은 Sforzando(특히 세게)야."

시즈카가 악보를 뚫어지게 보며 고개를 끄덕였다.

"거기에 Verse 2는 Fortissimo (아주 세게)만 쓰여 있어요. 그럼 결국 이 음악은 느리게 시작해서 점점 강한 임펙트를 주는 음악이란 거네요. 박자도 라르게토로 시작해서 프레스티시모

(Prestissimo)로 끝나고요.

케빈이 맞장구를 쳤다.

"그러게. 프레스티시모면 아주 빠르게 연주하란 뜻이잖아. 가장 빠른 Vivo보다 한 단계 낮은 의미니까 Fury만큼의 BPM은 아니라도 130 이상은 나와줘야 할 테지? 맞아, 케이?"

건이 씩 웃으며 고개를 끄덕였다.

"역시 줄리어드 피아노과의 시즈카와 콘트라 베이스 전공의 케빈답게 빠르기 말이나 셈여림표에 대해 따로 설명해 주지 않아도 한 번에 알아보는구나? 두 사람 말이 맞아."

고개를 끄덕였지만 여전히 이해할 수 없다는 눈으로 인상을 쓰며 악보에서 눈을 떼지 않는 시즈카와 건의 인정에 마냥 기분이 좋은지 어깨를 펴는 케빈의 반응이 나뉘어지는 것을 본 건이 실소를 흘리며 악보를 들어 올린 후 흔들었다.

"아직 미완성이야. 뼈대를 잡은 후 밴딩, 쵸킹, 슬라이드로 좀 화려하게 가보려고 해."

시즈카가 여전히 악보에서 눈을 떼지 않고 있다가 건반 위에 손을 올리고 소리가 나지 않게 연습을 해보며 물었다.

"어디에 쓸 음악이에요? 이건 케이의 앨범이나 몬타나의 앨범과 분위기가 맞지 않는 곡인데."

케빈도 그제야 생각났다는 듯 물었다.

"Fury도 몬타나와 어울리지 않은 곡이었지만 이건 좀 아닌 것 같은데, 곡이 너무 쉽잖아? 단순하고 말이야."

"맞아요, 몬타나 정도나 되는 뮤지션이나 케이가 하기에는 너무 쉽고 단조로운 곡이에요. 이건 마치 스포츠 경기 중에 나오는 응원가나 노동가에 어울리는 심플함이네요."

두 사람의 의견이 일치되는 것을 지켜보던 건이 손가락을 팅겼다.

"맞아, 바로 그거야. EPL(English Premier League)에서 요청이 왔어. Fury를 응원가로 쓰겠다고 말이야. 거기에 내가 실험할 곡을 추가로 넣어보려는 거야."

케빈이 깜짝 놀란 표정으로 물었다.

"진짜? 어느 팀인데?"

"아스날"

"허억! 뭐라고!"

케빈이 기타를 옆으로 치우고 눈을 크게 뜨자 시즈카가 물었다.

"아스날? 이름은 들어봤는데 유명한 팀이에요?"

케빈이 어이없다는 표정으로 시즈카를 돌아보았다.

"허허…… 아스날이 유명한 팀이냐고 묻는 사람이 진짜 내 눈앞에 있다니…… 인터넷에서 내 여동생은 축알못이라 아스날도 모른다는 글 보고 농담인 줄 알았는데……."

시즈카가 살짝 얼굴을 붉히자 케빈이 실수했다는 생각이 들었는지 황급히 말했다.

"아! 아하하, 미, 미안해. 그만큼 유명한 팀이라 그래. 뭐, 뭐, 추, 축구에 관심이 없으면 모를 수도 있지! 아하하! 모, 모르는 게 어때서, 나도 여자들 쓰는 명품 가방 브랜드 모르는걸?"

케빈이 수습을 하려고 애쓰는 것을 본 시즈카가 작게 웃음을 짓자 안도의 한숨을 쉰 케빈이 건을 돌아보았다.

"너도 몰라?"

"알지, 축구 게임은 다 한 번씩 섭렵했거든. 크크, 그리고 우리나라의 유명한 버라이어티 프로그램에 티에리 앙리가 출연한 적이 있어서 더 잘 알기도 해."

케빈이 주먹을 불끈 쥐며 생각만 해도 감동스럽다는 표정으로 말했다.

"크! 킹 앙리! 바로셀로나로 가기 전 앙리는 최고였다고!"

"그렇지, 축구 게임에서도 2000년대 중 후반 티에리 앙리의 스탯은 엄청났으니까."

"게임 말고! 게임은 진짜 축구 경기의 열기를 반의반도 느끼지 못해!"

"EPL을 직접 보러 간 적이 있어?"

"미쳤냐, 푯값이 얼만데. 좋은 자리는 150달러는 줘야 볼 수 있잖아."

"그게 뭐야, 나도 중계 보고, 게임도 하는 거야."

"아무튼! 아스날은 제1차 세계대전 이후로 거의 100년간 단한 번도 1부 리그에서 강등된 적 없는 최고의 팀이라고! 그런 팀에서 몬타나의 곡을 응원가로 쓴다니! 진짜 인생의 영광이다! 꼭 가서 우리 노래를 따라 부르는 관중들을 보고 싶어!"

주먹을 불끈 쥐고 천장을 보며 부르짖는 케빈을 본 건이 이를 드러내고 웃었다.

"가게 될 거야. 구단 쪽에서 아마 부를걸?"

"헉! 진짜? 가만있어 봐, 지금이라면 곧 챔스 16강 할 시기 아닌가?"

"그럴 거야."

"헉, 그, 그럼 영국 간 김에 시간 맞춰서 챔스 경기도 보고 오자!"

"예스! 좋아!"

축구 이야기에 신이 난 두 남자와 달리 축구를 모르는 시즈카가 신이 나서 이야기하는 건을 보며 입술을 깨물었다. 두 사람 사이에서 왠지 모를 소외감을 느끼던 시즈카가 집에 돌아가면 반드시 축구 공부를 하겠다는 다짐을 하고 있을 무렵 건이 다시 악보를 들며 말했다.

"뭐 잡설은 여기까지 하고, 응원가는 Fury야. 지금 두 사람이 가진 악보는 구단에 요청해서 반드시 지고 있을 때 틀어 달라고 한 곡이니, 선수와 응원단에게 원기를 북돋아주는 느낌으로 뼈대를 만들어주면 돼."

다시 음악 이야기로 돌아오자 그제야 낄 자리를 낚아 챈 시즈카가 반색하며 말했다.

"그랬군요, 그래서 케이에게 도시락을 싸주는 느낌으로 연주하라고 하신 거였군요."

"응, 맞아."

케빈이 불타오르는 듯한 표정을 지으며 옆에 밀어둔 베이스 기타를 잡았다.

"좋아! 동기 부여 확실하네, 제대로 만들어주겠어! 이건 내 일생의 커리어가 될지도 모르는 일이라고. 자손만대에 자랑거리로 삼을 테다! 그럼 난 집중할 테니 방해하지 말아줘!"

베이스 기타에 연결한 헤드폰을 머리에 쓴 케빈이 집중하기 시작하자, 시즈카 역시 그에게 방해가 되지 않으려는 듯 키보드에 헤드폰을 연결하고 음을 맞추기 시작했다.

조용한 녹음 부스에서 앰프에 연결하지 않은 베이스 기타의 작은 울림과 부드러운 카펫을 누르는 듯한 작은 키보드 소리만 울리는 것을 확인한 건이 웃음을 지으며 기타를 들고 녹음 부스 밖 사무실로 나갔다.

사무실의 컨트롤박스에 앉은 건이 책상 위에서 아비게일이 전해준 논문 더미를 들춰 보았다.

꽤 많은 연구를 한 듯 논문에는 여러 색의 형광펜으로 색칠

한 문구가 많았다. 그중 종이를 접어 표기해 둔 곳을 펼친 페이지를 다시 한번 읽어본 건이 나직하게 중얼거렸다.

"상향하는 사선은 동요, 격동, 폭발을 나타내는 기호이며 그 색채는 빨강이고, 수평선은 평형과 평온, 질서를 나타내는 기호이고 그 색채는 흰색이며, 하향하는 사선은 은둔과 깊이, 그림자를 나타내는 기호이고 그 색채는 검정이라는 것이다."

건이 가만히 논문을 내려보다가 하쿠를 꺼내 들었다. 오랜만에 하쿠의 차가운 바디를 매만지던 건이 플랫을 오가며 슬라이드를 해보다가 생각에 잠겼다.

'상향하는 색채는 빨강. 즉, 정열과 활력을 줄 수 있는 것이라는 뜻이다. 음을 상향시키는 방법은 슬라이드와 초킹을 이용한 밴딩을 하면 돼. 수평은 버린다. 내 곡에 수평의 음은 없도록 할 거야. 평형과 평온은 응원가에 맞지 않으니까. 또, 하향하는 사선 역시 없다. 이는 응원을 받는 입장이나 하는 입장 모두에게 힘이 되지 않을 거야. 하지만 반드시 기억해 두자, 다른 음악에서 쓸 방법이니까.'

건이 자주색 음표에 주황색 테두리가 들어간 악보를 내려보며 밴딩 표기를 그려 넣었다. 마음에 들지 않았는지 몇 번이나 음표를 고치던 건이 갑자기 빛을 내는 악보를 물끄러미 내려다보다가 펜을 떨어뜨렸다.

건이 떨어뜨린 펜이 구르며 지나가는 자리에 음표 하나의 색이 점점 바뀌고 있었다.

'이…… 이게?'

눈을 크게 뜬 건의 눈동자에 붉은색과 자주색이 반반씩 들어간 음표 주위에 주황색 테두리가 완벽하고 깔끔하게 그려진 음표 하나가 들어왔다.

'세…… 세가지 감정?'

멍한 표정으로 악보를 내려다보던 건이 갑자기 펜을 들고 미친 듯이 악보에 밴딩 표기를 그려 넣기 시작했다.

건의 손을 따라 세 가지의 색이 긴 꼬리를 남기며 악보를 물들이기 시작하자 신이 난 건이 환하게 웃으며 더욱 빠르게 손을 놀렸다.

초킹으로 색이 변하지 않으면 슬라이드와 한 음을 올리는 밴딩으로 악보의 모든 음표를 세 가지 색으로 바꾼 건이 고개를 들고 환하게 웃음을 지었다.

"끝났냐?"

"악 깜짝이야!"

만족감에 웃음을 짓던 건이 갑자기 옆에서 들려오는 소리에 놀라며 펜을 집어 던졌다.

건이 앉아 있는 컨트롤 박스 책상 옆에 팔짱을 낀 케빈과 시즈카가 자신을 내려다보고 있는 것을 본 건이 놀란 표정으로 물었다.

"왜 작업 안 하고 나와 있어?"

시즈카가 걱정스러운 표정으로 건의 어깨에 손을 올렸다.

"허리 안 아파요? 어깨는요?"

건이 반사적으로 허리를 펴고 어깨를 돌려보자 뼈마디에서 우두둑 소리가 났다.

살짝 아려오는 고통에 인상을 찌푸린 건을 본 케빈이 고개를 절레절레 흔들었다.

"여섯 시간이다, 여섯 시간."

"응? 뭐가?"

케빈이 건의 등을 툭 치며 말했다.

"너 이러고 있은 지가 여섯 시간째라고! 어떻게 사람이 여섯 시간 동안 화장실 한번을 안 가고, 고개 한 번 안 드냐? 너 사람 맞아?"

건이 놀란 표정을 지으며 시즈카를 보자 그녀도 고개를 끄덕였다.

"맞아요, 몇 번이나 들락거렸는데도 모르시더라고요."

케빈이 자신의 배를 만지며 말했다.

"배고파 죽겠는데 밥 먹으러 가자고 말도 못 하고 기다렸잖아. 빨리 밥 먹자, 배고파 죽을 것 같아."

건이 테이블 위에 놓인 완성된 악보를 내려다보며 입맛을 다셨다.

"으음…… 이제 막 곡이 완성되어서 빨리 연주해 보고 싶은 데……."

케빈이 건의 겨드랑이에 팔을 끼고 힘을 주어 일으켜 세웠다.

"아사 직전이다. 밥부터 먹어, 너 그러다 몸 상한다. 항상 이래?"

건이 케빈에게 들려 일어나며 뒤통수를 긁었다.

"아니, 뭐…… 가끔?"

시즈카가 걱정스러운 눈으로 말했다.

"가끔이라도 이런 건 좋지 않아요, 어서 밥 먹으러 가요."

케빈이 건을 끌고 나가다시피 하자 건이 문지방에 발을 걸치고 발버둥 쳤다.

"잠깐만! 악보 좀 가져가자!"

"치워! 밥 먹을 때 일하는 거 아냐, 어허! 힘 풀어! 빨리 가서 밥 먹고 와서 하면 되잖아!"

"윽! 악보만 가져갈게!"

"안 돼! 지지! 떽! 빨리 가자!"

결국 케빈의 손에 질질 끌려가는 건과 그를 보고 미소 짓는 시즈카였다.

♪♪♩

케빈과 시즈카와 함께 늦은 저녁을 먹은 건은 링컨 센터로 돌아와 약 두 시간의 녹음을 진행하고 레드 케슬로 돌아왔다. 키스카가 없는 레드 케슬에 일찍 돌아와야 할 이유는 없었지만 추운 겨울 날씨에도 밖에서 자신을 기다리고 있는 조직원들에게 미안한 마음을 가진 건이 밤 11시가 넘자 집으로 가 작업을 해야겠다는 마음을 먹었기 때문이었다.

별채 앞에서 내린 건이 수고한 조직원의 어깨를 두드려 준 후 별채 문을 열자 언제나 그렇듯 팬티만 입은 병준이 소파에 누워 핸드폰을 보다가 손을 들었다.

이제는 잔소리도 하기 싫었던 건이 그저 웃으며 가져온 기타와 논문 뭉치를 두고 샤워를 한 후 혼자 방에 앉아 완성된 악보를 물끄러미 내려다보았다.

'이제 가사가 문제인데, 응원가라면 어렵거나 외우기 힘든 가사면 안 돼. 쉽고 누구나 따라 부를 수 있는 음역에 있는 멜로디 라인을 가져야 하고.'

잠시 논문과 악보들을 정리하고 있던 건의 귀로 진동음이 들려오자 화들짝 놀란 건이 옷걸이에 걸어 둔 코트 주머니에 넣어두었던 구형 핸드폰을 꺼내 들었다.

폴더라 미리 누구의 전화인지 알 수 없었지만, 이 핸드폰의 번호를 알고 있는 것은 키스카뿐이었기에 밝은 얼굴로 전화를 받는 건이었다.

"여보세요, 키스카!"

-응.

"오늘은 뭐했어? 밥은 먹었어?"

-응, 먹었어.

"그랬구나, 난 오늘 케빈이랑 시즈카와 함께 녹음했어."

-…….

"키스카?"

-시즈카랑 같이 있었어?

"응, 왜?"

-둘이?

"아니, 케빈이랑 셋이 있었어."

-……시즈카가 꼭 필요했어?

"음…… 꼭 필요했던 건 아닌데, 건반이 들어가면 좋을 곡이라서. 왜?"

-……아니야.

건이 어색한 말투의 키스카로 인해 당황하며 다른 이야깃거리를 찾았다.

마침 눈에 들어온 악보를 본 건이 반색하며 말했다.

"키스카가 도와줄 일이 있는데, 어때? 도와줄래?"

-……뭔데?

"이번에 아스날이랑……."

건의 설명은 한참 지속되었다.

아스날이 뭔지 모르는 키스카를 위해 얼마나 대단한 팀이고 EPL이 세계적으로 엄청난 인기를 끌고 있는 축구 리그임을 신이 나서 설명하던 건의 말을 아무 말 없이 듣고 있던 키스카가 물었다.

-응원가의 가사를 만들어주면 돼?

"응, 이건 아스날이 음악을 사용할 때마다 사용료를 받는 거니까, 키스카한테도 지속적인 수입원이 될 거야."

-그런 건 상관없어.

"아…… 그런가?"

-한 시간 뒤에 다시 전화할게.

"한 시간?"

-응.

뚝.

끊겨 버린 전화를 물끄러미 내려다보던 건이 스탠드 아래에 전화기를 올려두고 얼굴을 찡그렸다.

"시즈카 이야기만 나오면 시크해지네, 키스카는. 둘이 무슨 일 있었나?"

무릎을 앞으로 끌어 양팔로 감싸 쥔 건이 무릎 위에 턱을 올렸다.

"시즈카가 남한테 싫은 소리 할 애도 아닌데, 도대체 둘 사이에 무슨 일이 있었던 거지?"

벌컥.

노크도 없이 벌컥 문을 여는 병준을 본 건이 인상을 쓰자 팬티만 입고 문고리를 잡고 있던 병준이 슬그머니 문을 닫았다.

똑똑!

"이미 늦었어요, 그냥 들어와요."

"아하하, 미안하다. 습관이라."

능글맞은 웃음을 흘리며 팬티 바람으로 건의 침대에 올라와 옆자리에 눕는 병준을 본 건이 이맛살을 찌푸리며 발로 병준의 옆구리를 밀어냈다.

"잠옷 사줘요? 남자 둘이 침대에 속옷 바람으로 있는 거 별로 좋아 보이지 않아요."

옆구리를 찌르는 건의 발을 팔로 밀어낸 병준이 몸을 꿈틀대며 조금 위로 올라와 베개를 머리에 끼워 넣으며 웃었다.

"뭐 어때, 친동생 같아서 그러는데. 그런데 표정이 왜 그 모양이야? 수십 년 만에 동굴에서 발견된 박쥐 똥 같은 표정인데."

건이 더욱 인상을 쓰며 말했다.

"비유를 해도 꼭 그런 것밖에 없어요?"

"흐흐, 내가 원래 이래. 무슨 일인데 그래? 아까 방에 들어오려고 문 앞에 있었는데 통화 소리가 들려서 안 들어왔었거든. 키스카랑 통화했어?"

"네, 전화 왔었어요."

"그런데 왜?"

건이 베개 하나를 등 뒤로 넣어 침대 벽에 기대며 한숨을 쉬었다.

"형, 혹시 시즈카랑 키스카 사이에 무슨 일 있었나요?"

병준의 얼굴이 살짝 굳어지며 건의 얼굴을 보았다.

"……왜?"

살짝 답답해 보이는 표정을 한 건이 설명했다.

"키스카가 시즈카 이야기만 나오면 갑자기 정색을 해요. 미국에 있을 때는 이렇지 않았는데 조지아로 가고부터 항상 이렇더라고요."

병준이 살짝 상체를 들며 말했다.

"미국에 있을 때는 안 그랬다는 건 무슨 근거야?"

건이 병준을 빤히 보았다.

"뭐 아는 거 있어요?"

병준이 당황한 표정을 지으며 눈을 굴리는 걸 본 건이 그를 덮쳤다. 헤드락을 걸어 목을 고정한 건이 외쳤다.

"말해요! 무슨 일 있었어요?"

"으헉! 수, 숨 막혀!"

건이 자세를 바꿔 병준을 엎드리게 한 다음 팔꿈치로 등을 눌렀다.

"불어요! 불어!"

"으허허헉! 으하하하하, 야, 야! 간지럽고 아프다!"

"빨리 불어요!"

"다, 다! 다 불게! 우리 기지는 북쪽 산맥 밑에 있다!"

"그거 말고! 키스카랑 시즈카 이야기요!"

"난 아무것도 모르오! 하얼빈 역이 어디입니까!"

"하얼빈 역은 왜 찾아요, 갑자기!"

"대한민국의 독립을 위해 이 한 몸 바치리!"

"아우! 그게 무슨 말이에요!"

결국 병준의 고문을 포기한 건이 괜히 힘만 뺐다는 듯 인상을 쓰며 침대에 걸터앉자, 병준이 발로 건의 등을 툭 치며 말했다.

"그냥 여자애들 질투야. 신경 쓰지 마."

건이 곁눈질로 병준을 보며 말했다.

"키스카가 몇 살인데 질투를 해요?"

"이놈아, 여자는 요물이야. 열 살짜리도 여자라고."

"더러운 말로 귀여운 키스카를 모욕하지 마요."

"어? 진짜라니까 그러네, 말해줘도 안 믿을 거면 왜 말하라고 했어?"

건이 고개를 저으며 침대에서 일어났다.

"휴, 말해주기 싫으면 하지 마요. 언젠가 알게 되겠죠."

문을 열고 부엌으로 가는 건을 본 병준이 침대에서 몸부림을 치며 말했다.

"나는 진실을 말했다! 안 믿은 건 너야!"

"에휴, 알았어요, 알았어."

냉장고에서 물 한잔을 가져온 건이 책상 의자를 끌고 침대 앞에 앉자 침대에 누워서 그 모습을 물끄러미 보고 있던 병준이 물었다.

"작업은 다 돼가냐? 린 이사님한테 물었더니 이번 주 내에 음원 보내야 한다던데."

물잔을 책상 위에 올려둔 건이 고개를 끄덕였다.

"거의 끝나가요. 키스카한테 가사를 부탁했고요."

병준이 누워 있던 몸을 일으키며 물었다.

"키스카한테? 미리 말해야지, 이놈아. 회사에 정산 데이터 보내야 하는데. 건반에 시즈카 썼지? 베이스는 케빈이고."

"네."

"드럼은?"

"호세한테 부탁하던가, 아니면 그냥 제가 녹음하게요."

"정해지면 알려줘, R/S 나누려면 미리 회사에 보고해야 해."

"알았어요. 정해지면 바로 알려 드릴게요."

"구단에서 너 초청한 거 이야기 들었어?"

건이 별로 놀라지 않으며 말을 받았다.

"못 들었지만, 예상은 했어요. 언제 오래요?"

"2주 뒤야."

"케빈이 좋아하겠네요, 축구 좋아하던데."

"그래, 시즈카랑 케빈이랑 다 데리고 가자, 여행도 하고, 시즈카가 유럽 인지도가 높지 않으니 인지도 작업도 좀 할 겸."

"그래요, 어디랑 경기한대요?"

"챔피언스 리그 16강, FC 바로셀로나."

건이 그제야 놀란 표정을 짓자 병준이 피식 웃었다.

"지고 있을 때 틀어달라며? 지는 게 당연한 팀이랑 경기할 때가 가장 적기이지."

건이 입을 벌리고 있자 병준이 건의 무릎을 발로 건드렸다.

"왜 그래? 너무 대파당할 것 같아서 그러냐?"

건이 정신을 차린 후 전화를 들었다. 가만히 건이 하는 모습을 보고 있던 병준의 귀로 케빈에게 전화를 하는 건의 외침이 들렸다.

"케빈! 챔피언스리그 16강전이래! 상대가 FC 바로셀로나야! 그래! 메시의 팀! 그럼! 챔스니까 당연히 나오겠지, 뎀벨레랑 이니에스타도 나오겠지?"

음악은 뒷전이고 그저 유명 선수들을 본다는 것에 신이 나 케빈과 수다를 떠는 걸을 본 병준이 고개를 절레절레 흔들다가 방을 나섰다.

케빈과 5분가량 통화를 한 건이 다시 침대에 누워 두근거리는 마음으로 핸드폰 어플을 켜 축구 관련 기사를 검색하다가 다시 걸려온 키스카의 전화를 받았다.

"여보세요?"

"나야, 받아 적어."

"아, 응!"

키스카가 하는 말을 받아 적던 건의 얼굴에 미소가 짙어졌다. 글을 쓰면 쓸수록 얼굴에 환한 미소가 걸린 건이 키스카의 말이 끝나자 전화기를 붙잡고 외쳤다.

"키스카! 진짜 좋다, 역시 넌 천재야!"

-······동화책.

"응? 뭔 책?"

-동화책 읽어줘, 잘 거야 이제.

"아, 응!"

책장으로 가서 책 하나를 골라온 건이 밝은 목소리로 책을 읽어주었다. 조금 긴 책이라 약 20분가량 책을 읽어 준 건이 전화기 너머로 아무 소리가 들리지 않는 것을 확인하고는 나직하게 말했다.

"잘자, 키스카."

잠시 더 기다린 건이 전화를 끊으려는 찰나 키스카의 목소리가 들려왔다.

　-보고 싶어.

　전화를 끊으려던 건이 빙그레 미소를 지으며 말했다.

　"나도 보고 싶어."

　-…….

　"웅? 나도 보고 싶어, 키스카."

　-……바보.

　갑자기 바보라는 소리를 들은 건의 표정이 진짜 바보 같아졌다.

　"웅? 왜 그래, 키스카?"

　-……됐어, 영국에 갈 거야?

　"웅, 가야지. 구단에서 초대했어."

　-언제?

　"2주일 뒤에 가려고."

　-……시즈카도?

　"웅, 케빈이랑 병준이 형도 같이."

　-……웅.

　건이 잠시 머뭇거린 후 조심스럽게 말했다

　"저기…… 키스카, 시즈카랑 무슨 일 있었어?"

　-……왜?

"아, 아니…… 시즈카 이야기만 나오면 예민해지는 것 같아서."

─…….

"아, 아니면 말고."

전화기 너머로 침묵이 이어지는 것을 못 견딘 건이 화제를 돌렸다.

"아하하, 그…… 아! 카를로스가 안부 전해달래, 다음에 보면 자기가 아이스크림을 사 주겠다고 꼭 전해달래. 그, 그리고…… 또, 또…… 경비견 중에 도베르만이 새끼를 낳았어, 네 마리나 낳았고, 네가 있었을 때 태어났던 셰퍼트들은 지금 몸무게가 3㎏을 넘었어. 매일 하루가 다르게 크는 것 같아."

─…….

"어, 얼마 전에 동물원에 들렀어. 시화의 아들이 이제 시화만 해졌더라고, 엄청 놀랐어. 파이는 여전히 동물원에서 왕이고, 리키는 좀 안쓰러워, 사자는 그렇게 큰 곳에서 기르면서 곰은 왜 그리 좁은 우리에 두는지 몰라."

그야말로 아무 말 대잔치를 벌이는 건이 결국 말거리가 떨어지자 당황했다.

"그리고…… 아, 그, 저기……."

─나 시즈카 싫어.

"응? 아…… 왜?"

-…….

갑작스러운 키스카의 말에 당황한 건이 자기도 모르게 시즈카를 변호했다.

"시, 시즈카 착한 애인데, 왜 그래."

-…….

"남한테 싫은 소리도 못하는 여린 애잖아, 너한테 뭔가 실수라도 했어?"

-난?

"어? 너?"

-난 어떤 사람인데?

건의 등에서 식은땀이 흘렀다.

"키, 키스카는 당연히! 세, 세상에서 제일 귀엽고 예쁜 천사지!"

잠시 침묵하던 키스카가 한참 만에 입을 열었다.

-진짜?

"으, 응! 당연히 진짜야!"

-됐어, 그럼. 이제 잘래.

"아…… 응, 알았어."

뚝, 뚜 뚜 뚜 뚜 뚜.

끊어진 전화기를 바라보며 식은땀을 흘리던 건은 그 날 늦은 밤까지 잠을 이루지 못했다.

♪♫♪

　영국 런던에서 가까운 북쪽 허트포트서 주에 있는 셴리 (Shenley). 아스날 FC 유스팀이 홈 구장으로 사용하고 있는 이 구장에서, 자라는 새싹들을 관리하는 유스 개발 지휘자 안드리스 욘커는 1962년생의 젊은 코치였다.

　그는 수석 코치로 능력을 인정받아 MVV 마스트리흐트의 지휘봉을 잡았었고, FC 바로셀로나 시절 친분이 있었던 루이스 판 힐 감독 덕에 분데스리가 최강의 팀 바이에른 뮌헨의 수석 코치로 부임하였다가 2003/2004 시즌 도중 루이스 판 힐 감독이 해임되며 남은 시즌 동안 감독 대행을 한 이력이 있는 최고의 코치였다.

　약간 긴 갈색 머리에 트레이닝복 차림으로 사무실에서 전화를 받은 그의 눈이 커졌다.

　"예? 감독님이 직접 방문하신다고요?"

　자리에서 일어난 그가 급히 전화를 끊고 인터폰으로 전환한 후 말했다.

　"아, 스티브? 나요, 지금 아르센 뱅거 감독이 직접 셴리로 온다고 하니, 훈련에 좀 더 신경을 써주세요, 괜히 까칠한 감독에게 트집 잡히면 힘들어지니까요. 네, 네, 부탁합니다."

인터폰을 끊은 안드리스가 노트북 화면에 떠 있는 아스날 FC의 리그 성적으로 보고는 고개를 저었다.

"휴, 올해는 리그 4위도 턱걸이겠군, 그나마 기대를 걸어볼 만한 것은 FA 컵 정도겠지, 챔피언스 리그 16강에서 만날 팀이 FC 바로셀로나이니까 말이야. 여기 찾아오는 건 바로 2군에 올려 실력 검증 후에 챔피언스 리그와 프리미어 리그에서 스왑해 쓸 수 있는 자원을 확인하러 오는 것 같은데, 유스에서 바로 올릴 만한 선수가 없는데…… 이거 어쩌지."

한참 노트북에 유스팀 선수들의 리포트를 띄워 고민스러운 표정으로 보고 있던 안드리스가 정문에서 걸려온 인터폰을 받고 구장 입구로 갔다.

멀리 주차장에 주차를 하고 있는 주황색 람보르기니 아벤타도르를 본 안드리스가 실소를 지었다.

"나는 언제 1군 감독 맡아서 저런 거 타보나. 어…… 그런데 혼자 온 거야?"

그의 눈에 차에서 혼자 내리고 있는 아르센 뱅거 감독이 들어오자 빠르게 발걸음을 놀려 주차장 쪽으로 다가갔다.

"감독님, 오셨습니까?"

"오, 안드리스. 오랜만이야."

아르센 뱅거가 양팔을 들어 안드리스를 슬쩍 안아주었다. 친근한 척 그의 어깨에 손을 올린 아르센 뱅거가 구단 쪽으로 걸어가며 말했다.

"그래, 식사는 했고? 요새 뭐 어려운 점은 없는가?"

"네, 어려운 일이랄 것이 뭐 있겠습니까, 그저 매뉴얼대로 훈련 시키고 있지요, 매뉴얼 개발 일 말고는 별다르게 하는 일도 없습니다, 하하!"

"후후, 일선에서 감독직을 수행하던 자네이니 이런 곳에서 유스 프로그램을 개발하는 일은 무료할 수도 있겠지. 하지만 잘 부탁해, 자네 손에 아스날 FC의 미래가 걸려 있으니 말이야."

"하하, 여부가 있겠습니까? 들어가시죠."

아스날 FC가 홈구장으로 사용하고 있는 에미레이트 스타디움과는 비교도 안 될 정도로 열악한 시설을 가진 셴리 구장의 2층 관객석에 모습을 드러낸 아르센 뱅거가 구장에서 땀을 흘리며 피트니스 훈련을 받고 있는 어린 선수들을 내려다보며 팔짱을 꼈다.

어린 유스 선수들에게 유연성과 밸런스는 매우 중요한 피지컬 요소였기에 직접적인 축구 기술 훈련보다는 밸런스를 잡아주는 요가에 가까운 훈련을 선호하는 안드리스였기에, 선수들은 하루의 절반 이상을 이러한 훈련으로 보내고 있었다.

아직 가시적인 성과를 내지는 못했지만, 구단 관계자들은 안드리스의 이러한 훈련방식에 동의했기에 아스날 FC의 유스팀은 오늘도 그의 피지컬 프로그램을 소화하고 있는 것이었다.

바닥에 주저앉아 다리를 벌리고 유연성 훈련 중인 선수들을 보던 아르센 뱅거가 물었다.

"싹수가 보이는 녀석이 있나?"

안드리스가 함께 팔짱을 끼고 선수들을 내려 보다가 고개를 저었다.

"싹수 있는 녀석들은 많습니다만, 아직 나이가 어립니다. 억지로 올려보려고 해도 FIFA에서 허용해 줄 리 없는 어린 녀석들이죠."

"나이로 통과 가능한 선수 중에는 괜찮은 선수가 없고?"

"네, 2군 정도는 가능하지만, 아직 1군 전력감으로 보이는 선수는 없습니다."

아르센 뱅거가 한숨을 쉬며 고개를 젓자 안드리스가 나직한 목소리로 물었다.

"챔피언스 리그 때문입니까?"

"음, 겨울 시즌이라 선수들이 많이 지쳐 있어, 거기에 챔피언스 리그 본선에, FA 컵까지 나가게 되었으니 선수들의 체력에 문제가 생기고 있네. 이대로 놔두면 곧 부상자들이 나오게 될 거야."

"위험해 보이는 선수들이 있습니까?"

"음, 아무래도 빠른 선수들이 그렇지. 빠르다는 것은 몸이 작고 날렵하다는 뜻이니, 피지컬이 약할 수밖에 없지 않나, 덩치 큰 EPL 수비수들과 힘으로 부딪히면 나가떨어지는 것이 당연하고, 그러다 보면 부상이 올 수밖에 없지."

"빠른 선수들이라면 알렉시스 산체스와 시오 월콧, 대니 월벡이겠군요."

"음, 거기에 체흐도 별로 좋지 않아. 이제 서른여섯이니 은퇴를 해도 신기하지 않은 나이니까 말이야."

"골키퍼 자원은 다비드 오스피나가 있지 않습니까?"

"음, 다비드도 좋은 골키퍼이긴 하지만 체흐가 주는 안정감을 가지지는 못하지, 아무래도 그는 첼시의 수문장으로 엄청난 커리어를 쌓은 선수니까 말이야. 체흐가 나오는 경기에는 수비수들의 수비도 안정적이거든."

"그럴 만하죠, 수비의 핵심은 골키퍼의 정확한 지시이니 노련한 체흐가 나오면 수비수들이 안정감을 가질 만합니다. 2군 쪽에는 가보셨습니까?"

아르센 뱅거가 씁쓸하게 웃으며 관중석의 파란 의자를 내린 후 털썩 주저앉았다.

"응, 언더힐에는 어제 다녀왔지, 하지만, 닐 밴필드가 추천한 세 녀석 모두 많이 모자라더군, 물론 몇 년 더 훈련하면 어찌 될지 모르지만, 현재로써는 써먹을 카드로 볼 수 없겠어."

안드리스가 그의 옆에 앉으며 물었다.

"프론트에서 압박이 있었습니까?"

아르센 뱅거가 턱을 괴고 고민스러운 표정으로 말했다.

"그렇지, 아무래도 매번 4위로 시즌을 마감하고 있으니까 말이야. EPL 4위가 우스워 보이나 보지? 우승이나 준우승이 아니면 거들떠보지도 않는 경영진이라 힘들군."

"그래도 작년에 FA 컵에서는 우승하시지 않으셨습니까?"

아르센 뱅거가 쓴웃음을 지었다.

"그러게 말이네. 하지만 FA 컵은 다른 구단의 경영진도 단독 우승을 커리어로 인정해 주지 않아, 시즌 우승과 더블을 하던가, 트레블에 FA 컵이 포함되어야 인정을 받지."

"음…… FA 컵 우승도 엄청난 일인데, 1군 감독은 참 힘들겠군요."

아르센 뱅거가 불만스러운 표정을 지으며 다리를 꼬았다.

"재미있는 건 말이야, 이번에 응원가도 바꾼다더군. 아, 물론 기존 응원가도 그대로 쓰긴 하겠지만 추가할 생각인가 봐."

안드리스가 고개를 갸웃하며 물었다.

"그게 뭐가 재미있습니까? 응원가가 한두 개도 아니고 여러 개 중에 하나 추가되는 것인데요."

아르센 뱅거가 머리를 감싸며 짜증 난다는 어투로 말했다.

"그게 엄청난 거액을 주고 가져온다는 것이 문제지. 그 돈이면 유망주 선수 둘은 더 사올 수 있다고!"

"예? 무슨 응원가에 유망주 둘의 몸값씩이나 되는 금액을 지불하죠?"

아르센 뱅거가 등받이에 몸을 기대며 한숨을 쉬었다.

"자네 혹시 록 음악 듣나?"

"하하, 영국에 사는 사람이 록 음악을 안 들으면 뭘 듣습니까?"

"후훗, 자네는 네덜란드 사람 아닌가?"

"영국에 산 지 몇 년 되니 이제 물이 좀 들었나 봅니다. 하하."

"후후, 그래. 여하튼 몬타나라는 록 밴드의 음악을 가져다 쓴다더군."

"헉! 서, 설마 Fury 말씀입니까?"

안드리스가 놀란 표정을 짓자 눈썹을 꿈틀한 아르센 뱅거가 그를 위아래로 보았다.

"자네도 아나?"

"그럼요! 지금 가장 화제가 되고 있는 음악 아닙니까!"

"그래, 그러니 비싸겠지."

시큰둥하게 앞 관중석에 다리를 올리는 아르센 뱅거를 본 안드리스가 말했다.

"그걸 가져온 답니까?"

"흄, 또 한 곡 더 있다더군."

"두 곡이나요? 두 곡이면 돈을 얼마나 지불하는 겁니까?"

"다행히 한 곡은 그냥 준다고 했대, 그…… 케이인가 뭔가 하는 어린 뮤지션이 그랬다더군."

"헉, 감독님 케이인가 뭔가 하는 이라니요, 시내 나가서 그런 소리 하시다가 돌 맞습니다. 팬덤이 어마어마한 뮤지션이라고요."

아르센 뱅거가 피식 웃으며 손을 휘휘 저었다.

"아무튼 관심 없네. 응? 잠시만 기다려 주게."

품 안에서 진동을 울리는 전화기를 꺼낸 아르센 뱅거가 안드리스에게 손을 들어 양해를 구한 후 전화를 받았다.

"응, 날세. 무슨 일 있나?"

"뭐? 음악이 도착해? 됐어, 난 관심 없으니 프론트에서 알아서 하라고 하게. 끊지."

아르센 뱅거가 신경질적으로 전화를 끊어버린 후 짜증스러운 표정으로 말했다.

"선수 보강할 생각은 안 하고, 음악이라니! 음악으로 대체 뭘 할 수 있는데?"

눈치를 보고 있던 안드리스가 은근한 어조로 말했다.

"그런데 이번 일 말입니다. 우리 구단은 구단주가 없고, 아스날 홀딩스 기업이 구단주이니…… 아무래도 최대 주주인 스탠 크론케가 밀어붙인 일이겠죠?"

아르센 뱅거가 고개를 저었다.

"아냐, 그 양반은 그저 성적 말고 다른 부분은 관심이 없으니까 말이야, 이번 일은 일리셰르 우스마노프가 주도한 일이야."

"아, 2대 주주 말이군요."

"그래, EPL도 다 됐지, 영국 한복판에 있는 홈구장 이름은 아랍 에미레이트 항공에게 스폰서를 받아 에미레이트 스트디움이라고 써놓질 않나, 2대 주주는 러시아 억만장자이질 않나, 이게 어디 잉글리쉬 리그인가?"

"하하, 그러는 감독님도 프랑스에서 오신 분 아닙니까?"

"감독이나 선수는 다르지, 하지만 영국에 속한 리그가 다른 나라의 메인 스폰서를 받는다는 것은 이해되질 않는군. 휴, 어쨌거나 음악 쪽은 신경 끄고 유스 육성에나 힘써주게."

"네, 알겠습니다."

♪♪

조지아의 유명한 장수 마을, 압하지야.

한국의 유명 요구르트 회사에서 장수의 상징으로 자신들의 요구르트에 조지아의 지도를 그려 넣을 만큼 세계적으로 장수의 상징이 되는 이 마을은 목축업과 요쿠르트 생산을 주업으로 삼는 작은 마을이었다.

큰 굴뚝같이 생긴 구조물이 독특한 큰 집 2층.

조지아식 고기 꼬치구이인 잘 익은 므츠바디 몇 개를 들고 조지아의 자랑인 하우스 와인 한 병을 든 채 TV 앞 소파를 찾은 그레고리가 소파 옆 테이블에 가져온 술과 안주를 놓아두다가 소파에 앉아 있는 키스카를 보고 살짝 놀랐다.

무표정한 얼굴로 TV를 보고 있는 키스카를 본 그레고리가 놀라며 물었다.

"키스카? 웬일로 TV를 보니? 너 TV 안 좋아하잖아, 거기다 축구 경기라니."

키스카가 차가운 얼굴로 그레고리를 힐끔 본 후 다시 TV로 시선을 돌리는 것을 본 그레고리가 힘없이 웃으며 소녀의 옆에 앉았다.

조용히 TV에서 흘러나오는 CF를 보던 그레고리가 축구 경기 시작 전에 배를 채우려고 므츠바디가 담긴 접시로 손을 내밀었다가 갑자기 다가오는 키스카를 놀란 눈으로 돌아보았다.

쪽-

갑자기 아빠의 볼에 뽀뽀를 하는 키스카를 놀란 얼굴로 보던 그레고리가 멍한 표정으로 자신의 볼을 매만지다가 환한 웃음을 지었다.

"키스카, 아빠한테 뽀뽀해 준 거야? 이제 화 풀렸어?"

다시 TV로 시선을 돌린 키스카가 무표정하게 말했다.

"아니, 케이가 이백 밤 잘 동안 아빠한테 하루에 두 번 뽀뽀 해 주면 나 보러 온다고 했어. 케이가 전화해서 물어본다고 했으니까, 전화 오면 나 잘하고 있다고 말해줘야 해. 알았지?"

자신의 볼을 비비며 기분 좋은 웃음을 짓던 그레고리가 헛웃음을 지으며 고개를 끄덕였다.

"하하, 이유가 어쨌건 우리 딸 뽀뽀를 받으니 아빠 기분이 날아갈 것 같네! 허허."

TV 속에서 이제 막 시작하려는 축구 중계에 시선을 집중하고 있는 키스카의 통통한 볼이 살짝 붉어져 있었다.

To Be Continued

나는 될 놈이다

글쓰는기계 게임 판타지 장편소설
WISHBOOKS GAME FANTASY STORY

판타지 온라인의 투기장.
대장장이로 PVP 랭킹을 휩쓴 남자가 있다?

"아니, 어디서 이런 미친놈이 나타나서……."

랭킹 20위, 일대일 싸움 특화형 도적, 패배!

"항복!"

'바퀴벌레'라고 불릴 정도로
끈질긴 생명력을 가진 성기사조차 패배!

"판타지 온라인 2, 다음 달에 나온다고 했지?"

평범함을 거부하는 남자, 김태현!
그가 써내려가는 신개념 게임 정복기!

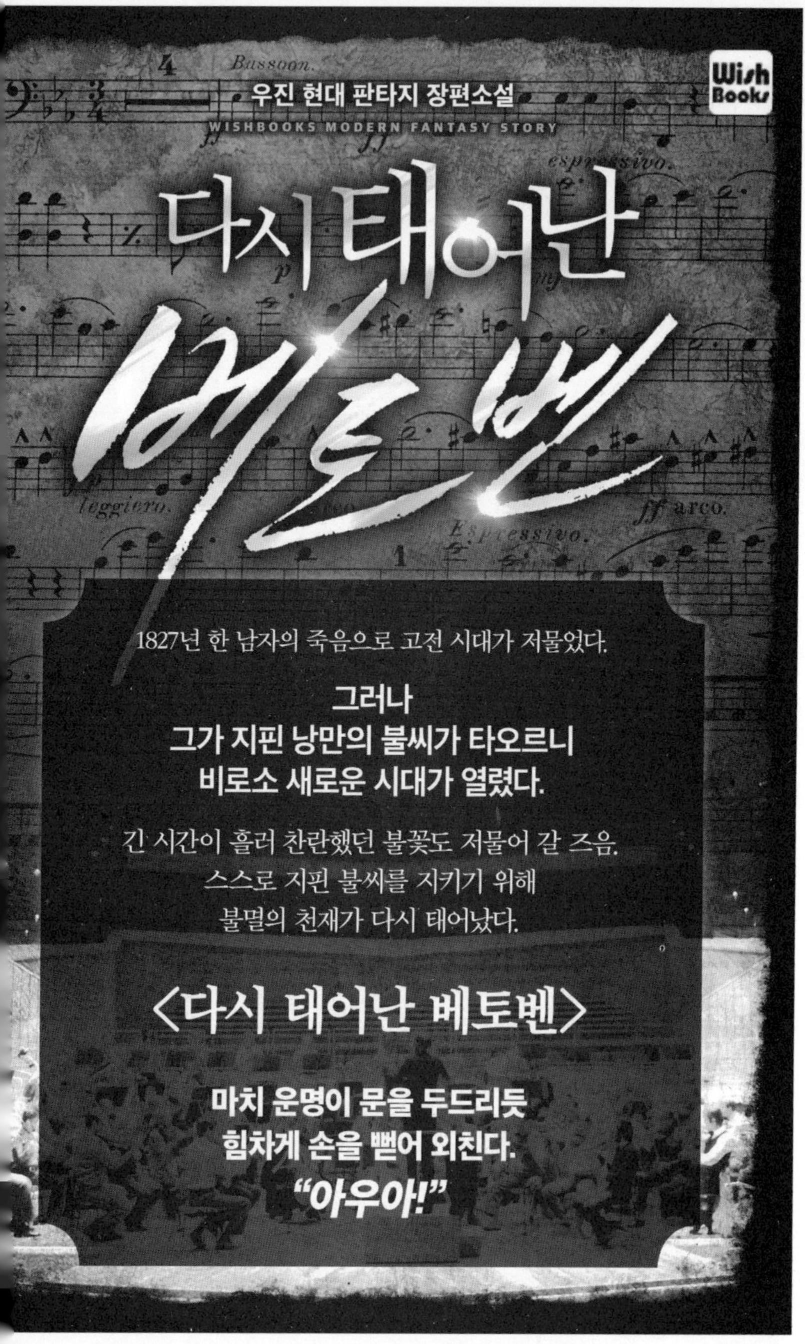
Wish Books
우진 현대 판타지 장편소설
WISHBOOKS MODERN FANTASY STORY
다시 태어난
베토벤
1827년 한 남자의 죽음으로 고전 시대가 저물었다.
그러나
그가 지핀 낭만의 불씨가 타오르니
비로소 새로운 시대가 열렸다.
긴 시간이 흘러 찬란했던 불꽃도 저물어 갈 즈음.
스스로 지핀 불씨를 지키기 위해
불멸의 천재가 다시 태어났다.
<다시 태어난 베토벤>
마치 운명이 문을 두드리듯
힘차게 손을 뻗어 외친다.
"아우아!"

만 년 만에 귀환한 플레이어

나비계곡 퓨전 판타지 장편소설
WISHBOOKS FUSION FANTASY STORY

어느 날, 갑작스럽게 떨어진 지옥.
가진 것은 살고 싶다는 갈망과 포식의 권능뿐.

일천의 지옥부터 구천의 지옥까지.
수십만의 악마를 잡아먹고 일곱 대공마저 무릎 꿇렸다.

"어째서 돌아가려 하십니까?"
"김치찌개가… 김치찌개가 먹고 싶다고."

먹을 것도, 즐길 것도 없다.
있는 거라고는 황량한 대지와 끔찍한 악마뿐!

"난 돌아갈 거야."

「만 년 만에 귀환한 플레이어」